NOTRE-DAME

DE PONTMAIN

PAR

François VEUILLOT

Rédacteur de l'*Univers*

NEUF GRAVURES

LIMOGES

EUGÈNE ARDANT ET Cⁱᵉ

ÉDITEURS

NOTRE-DAME

DE PONTMAIN

2me Série in-12

« Une madone garde ce pays... » (page 58)

NOTRE-DAME

DE PONTMAIN

PAR

François VEUILLOT

Rédacteur de l'*Univers*

—

NEUF GRAVURES

—

LIMOGES

EUGÈNE ARDANT ET Cⁱᵉ

ÉDITEURS

La grange Barbedette transformée en chapelle.

NOTRE-DAME DE PONTMAIN

I. — VOYAGE A PONTMAIN

Le soleil, encore brillant et chaud, déclinait sur les coteaux boisés qui arrondissent leur verdure épaisse et vigoureuse aux bords de l'horizon, lorsque la voiture, attelée de deux robustes chevaux et dirigée par un domestique du couvent de Pontmain, nous reçut au seuil de la gare et nous emporta par l'aimable cité de Fougères. Bientôt, après avoir traversé le quartier nouveau qui, dans

sa jeunesse et sa fraîcheur, aligne de jolies
maisons au long de larges rues, nous roulions
avec bruit sur le pavé rugueux d'une voie
étroite et pittoresque, au cœur de la ville an-
cienne. Un instant plus tard, nous quittions
déjà la cité bretonne, à peine entrevue en courant et, devant nous, les premiers arbres de la
forêt allongeaient leurs ombres sur la route.
Entre la ville et la forêt, cependant, quelques
villas étalaient au bord du chemin, devant
leurs façades coquettes, de riants gazons
étoilés de fleurs et des bosquets gracieux, tout
embaumés d'un calme charmant. L'une de ces
villas offrait un aspect si tranquille et si doux,
que je la suivais d'un regard séduit, quand on
attira mon attention de l'autre côté de la route.
« Une verrerie ! » s'écria-t-on. Là, en effet,
dressait sa masse inélégante et grisâtre un
grand bâtiment maussade, une vraie tache,
un petit morceau de tristesse et de laideur au
milieu des feuillages verdoyants et touffus
d'alentour. Une verrerie ! Ainsi, de l'autre
côté de ce mur sombre et que l'imagination
voilait d'un aspect plus rébarbatif encore, à
deux pas de la villa riante et paisible, un
petit — un trop grand — nombre de malheureux peinaient, s'exténuaient dans ce rude
travail du verrier, un des pires labeurs auxquels l'industrie condamne les humains !

Et, tandis que ce contraste violent s'empa-

rait de l'esprit, une autre réflexion y pénétrait,
obsédante, en même temps : le socialisme,
pensais-je, a entrepris Fougères ; le parti de
la haine a déjà semé, dans ce coin fleuri du
noble et chrétien terroir breton, ses ferments
de discorde et de mort, ses théories menson-
gères et ses coupables excitations. Eh bien !
par quel moyen extraordinaire et nouveau
pourra-t-on l'empêcher d'y récolter des succès, si un contraste pareil à celui qui vient
de jaillir, des deux bords de la route, à nos
yeux, n'est point tempéré par d'autres contrastes plus puissants : contrastes produits,
devant l'inégalité des conditions, par la sublime égalité chrétienne ; devant l'acharné
combat de l'égoïsme et des appétits, par
l'ineffable charité chrétienne ; enfin, devant
les iniquités de l'ordre industriel, œuvre des
bourgeois voltairiens, par les inflexibles lois
de la justice chrétienne ! Oui, certains specta-
cles entrevus soudain, jettent dans l'âme et
enfoncent dans l'esprit, plus que jamais,
cette urgente vérité, que la religion seule est
capable d'opposer une victorieuse barrière
aux menées socialistes !

Que la rage anticléricale et sectaire est
donc insensée, qui pousse les gardiens actuels
de la société à renverser le seul obstacle sé-
rieux, capable encore de fermer la route aux
ennemis de la société. Quelle criminelle folie

que de vouloir à la fois maintenir l'ordre et chasser Dieu, qui en est le seul fondement certain, le seul indestructible ciment.

Et ce sont des Français qui veulent chasser Dieu ; ce sont les gouvernants du pays français qui se font ainsi les proscripteurs de Dieu ! C'est grande pitié, vraiment, que de voir la France, aujourd'hui, marcher au premier rang de la coupable armée des nations ennemies du Christ : la France, autrefois, le hérault et le soldat de Dieu, qui avait conquis si hautement et si noblement gardé son titre fier et privilégié de fille aînée de l'Eglise et que le Seigneur avait comblée, par Lui-même ou par Marie, des témoignages éminents d'un paternel amour. Le cœur est tout serré d'angoisse et fondu de douleur, quand on songe au grand passé chrétien de notre France, aux immenses bienfaits qu'elle a reçus du ciel et quand on compare, aux siècles vécus, le siècle où nous vivons. Il nous semble voir une âme très pieuse, après une longue ferveur, — parfois troublée sans doute au souffle des passions, mais gardée toujours et maintenue par la foi, — s'écrouler tout-à-coup dans le vice, oublier Dieu et changer sur sa lèvre, en blasphèmes odieux, la prière inachevée !

Et pourtant, si notre malheureux pays se détourne de Dieu, Dieu, la miséricorde infinie ne s'est point détourné de la France ;

incessamment Il frappe au seuil de notre cœur.
Aux outrages les plus affreux, aux coups les
plus ingrats et les plus torturants pour la délicatesse ineffable de son amour, Il répond par
de nouveaux et par de plus tendres appels.
Combien de fois n'a-t-Il pas envoyé vers nous
sa divine Mère, afin de nous avertir par elle et
de nous enseigner ?... D'ailleurs, eussions-
nous oublié les admirables faveurs de cet in-
sondable et ravissant amour, que le lieu
sanctifié, où tendent nos pas et volent nos
désirs, en remettrait bien vite en nos cœurs la
très douce et très consolante mémoire.

En effet, tandis que ces réflexions se dé-
roulent dans notre esprit, l'équipage, au grand
trot, sous les hautes futaies de la forêt de
Fougères, et bientôt, parmi les vertes fraî-
cheurs de la campagne embaumée par le soir,
nous rapproche de Pontmain. Or, Pontmain,
c'est le nom du village béni, où la Vierge
Mère a daigné descendre, il y a vingt-cinq
ans, aux derniers jours de la terrible guerre,
apportant la paix aux supplications de la
France abattue. Pontmain, c'est le lieu d'une
apparition profondément consolante à nos
cœurs français, d'une apparition intimement
nationale, oserions-nous dire, où la reine du
Ciel a montré plus que jamais, plus que par-
tout ailleurs, qu'elle est aussi la reine de la
France. A Pontmain, la Vierge est descendue

voilée de deuil pour pleurer nos malheurs ;
elle est venue nous annoncer que son divin
fils, enfin touché par ses supplications, accordait grâce et merci à notre patrie malheureuse, et que le terrible châtiment allait
s'apaiser, que la colère divine avait précipité
sur nous ! Il semble, à Pontmain, que notre
pays, fils aîné de l'Eglise, est en même
temps le Benjamin de la Vierge Marie. Pontmain en un mot, c'est un des suprêmes feuil-
lets, l'un des plus beaux et des plus émouvants, que la Providence ait écrits sur le
vieux livre chrétien des destinées françaises.

Et c'est à Pontmain que nous allons, le
cœur tout chantant d'allégresse et d'espoir !
Le très éloquent, très pieux et très zélé
supérieur des chapelains de Montmartre,
autrefois supérieur des missionnaires de
Pontmain, le R. P. Lemius, a quitté pendant
quelques instants la colline du Sacré-Cœur
pour le vallon de la Vierge Marie ; sur sa très
aimable invitation, nous l'accompagnons,
avec un plaisir que sa présence accroît, dans
ce pèlerinage.

De Fougères à Pontmain, la route, assez
longue, est abrégée par le charme du pays ;
charme puissant, dans la forêt, dont le regard
perce les profondeurs, toutes voilées d'ombre,
entre les troncs vigoureux qui, pareils à de
robustes pilliers, soulèvent la voûte enfeuil-

lée; charme doux et pénétrant, au milieu de
la campagne verdoyante, où les poumons —
d'un parisien surtout, — engouffrent, dilatés,
un air pur imprégné de parfums sains et forts.
Mais voici qu'au loin, par delà les champs,
deux flèches jumelles percent dans les airs ;
le pèlerin les considère avec émotion, les
salue avec joie ; une prière, élancée spontanément de son âme, entr'ouvre sa lèvre où
sourit le bonheur : c'est Pontmain, c'est la
basilique !

Quelque temps plus tard, nous étions au
pied de ces flèches brillantes : d'un élan très
pur et très harmonieux, les deux flèches, côte
à côte, enfoncent dans le ciel leurs pointes
légères et hardies que surmonte la croix.
Leur grâce et leur finesse et la blancheur de
leur pierre, ajourée d'ouvertures élégantes et
larges, leur donne un singulier cachet de
force et de douceur. On dirait la prière, à la
fois robuste et fervente, d'une âme où s'unit
la tendresse aimante du cœur à la vigoureuse
fermeté de l'esprit. La basilique de Pontmain,
dont la façade est encadrée de ces deux
hymnes de pierre et où d'immenses vitraux,
puissamment ouverts entre les contreforts,
jettent à flots la lumière du jour, est en vérité
un superbe monument rempli de charme et
de grandeur. Son ensemble et ses détails con-
tribuent à entretenir, dans le cœur du pèlerin

la religieuse et poignante émotion que l'on respire, avec l'atmosphère, en ce lieu sanctifié par la Vierge Marie.

En ce moment (1), pour quelque temps encore, un ornement original met sa note claire et joyeuse sous la double colonnade aux élégantes proportions, qui règne entre la nef et les bas-côtés : là, suspendues à des charpentes improvisées qu'ornent des bouquets de rameaux feuillus, sont alignées les vingt-cinq cloches d'un harmonieux carillon. Mon incompétence musicale, — il la faut reconnaître ici, — n'a pas très bien saisi tous les obstacles surmontés ni les merveilleux résultats obtenus par le fondeur de ce clavier de bronze, aux touches gigantesques; mais j'ai compris du moins — et mon esprit a été satisfait autant que mon cœur ravi de cette explication — que le carillon, installé bientôt, pourrait répandre au loin, dans la sonorité des airs, tous les cantiques inspirés par un art pieux, en l'honneur de la Vierge Marie. Aussi bien qu'à l'habileté du fondeur, c'est à l'ardeur active et zélée du supérieur actuel des Oblats de Pontmain, le R. P. Rey, qu'est due cette œuvre si précieuse et si remarquable.

(1) Juillet 1896, époque à laquelle l'auteur de ce récit accomplit son pèlerinage. (Voir page 91).

Qu'il sera doux d'être accueilli à Pontmain, du plus loin que l'oreille en pourra distinguer les accords, par le cantique argentin de ces cloches pieuses ! La joie de les entendre ajoutera sa douceur à la joie d'admirer l'élan des deux flèches de la basilique, au bord de l'horizon !

J'y reviens encore, à ces flèches, à ces flèches pures comme l'oraison d'un cœur fervent ; je les ai vues si belles au soir de notre arrivée, d'une légèreté si gracieuse et si poétique au milieu de l'azur infiniment doux de cette soirée lumineuse et calme ; et le lendemain, je les ai retrouvées si belles toujours, éclatantes de blancheur, baignées dans l'éblouissante clarté du grand soleil qui s'épanouissait, radieux et brillant, au sein du ciel d'un bleu profond !...

Mais il se fait tard et la cordiale hospitalité du R. P. Rey nous ouvre les portes du couvent. Le R. P. Rey, — on l'a vu tout à l'heure — est le supérieur actuel des religieux Oblats de Marie Immaculée, auxquels est confié le pèlerinage de Pontmain ; naguère, il dirigea l'œuvre du Vœu national, à Montmartre, et les pèlerins du Sacré-Cœur, montés sur la colline sainte il y a quelques années, ont connu l'aimable bonté qu'il y prodiguait et le généreux dévouement qu'il y a dépensé ; ce sont les mêmes qualités qu'il déploie aujourd'hui à Pontmain, avec le même cœur, avec la même abondance. Il existe, d'ailleurs, un lien direct et intime, établi par le ciel, entre le vœu national de Montmartre et l'apparition de Pontmain ; nous en montrerons plus loin la nature et la force. En ce moment, nous dirigeons nos pas vers le couvent des missionnaires.

Deux couvents sont nés, de la terre bénie de Pontmain, tout auprès de la basilique. Un d'eux, à gauche de l'église, abrite les religieuses, qui sont venues, là, s'établir à l'ombre de la vierge Marie. Celui des Oblats s'étend derrière l'abside ; il n'est pas encore achevé ; une aile est construite, une autre est projetée ; au milieu, un vaste corps de bâtiment, déjà en partie habité, est encore en partie livré aux maçons. Mais l'inépuisable charité vient fournir sans relâche aux ouvriers le ciment et les pierres. Une sainte femme a jeté généreusement, joyeusement, dans cette œuvre, une partie de sa fortune, et sa bourse est restée ouverte aux religieux. C'est une belle œuvre en effet que les Oblats ont attachée, dans ce couvent qui peu à peu s'élève, au sanctuaire de Pontmain. A la Vierge Marie qui voulut des enfants, pour transmettre à notre pays désolé le message divin, c'est une couronne d'enfants que les missionnaires oblats, par une inspiration du génie de la charité, ont offert en ce lieu. A côté des religieux, dans la partie de la maison qui se

dresse debout, déjà, de jeunes garçons ap-
prennent à aimer Dieu, à Lui obéir et se pré-
parent, s'il plaît au divin Maître, à se consacrer à Lui. Plus tard, le couvent achevé ser-
vira de demeure à toute une école apostolique,
où de futurs missionnaires seront instruits
par de saints religieux, pour instruire aussi,
religieux à leur tour, les malheureux plongés
dans l'obscurité du paganisme et qui ne
savent point, déshérités du plus grand des
bonheurs, qu'un Dieu les aime et qu'ils ont
un Dieu à aimer. C'est une œuvre généreuse et
grande ; et la Vierge de Pontmain doit la bénir,
puisqu'elle s'est montrée patronne de la France
et qu'elle veut maintenir notre pays dans son
rôle éminent de nourricier d'apôtres !...

Malgré l'heure tardive, après le dîner, par
cette douce et longue journée de juillet commençant, la nuit n'avait pas encore obscurci
la campagne ; et quelques lueurs de jour traînaient encore à l'horizon, comme après une
cérémonie, quelques vapeurs d'encens flottent
encore autour de l'autel. Nous nous prome-
nions lentement dans une allée couverte de
feuillage. Au-dessus d'un petit vallon, délicieux de charme et de fraîcheur, qui avoisine
le couvent, quelques bois pleins d'ombre en-
cadrent la prairie à l'herbe épaisse, où court
en jabotant un ruisselet d'eau vive et clair.
Un grand silence planait sur tout le pays d'a-

lentour, tandis que dans le voile immense que la nuit déployait au fond du ciel, le Seigneur allumait les premières étoiles.

Quand on a l'oreille encore assourdie du fracas de la ville à peine quittée, c'est alors qu'on goûte pleinement et qu'on savoure, avec un délicieux plaisir, ce silence profond et doux des belles nuits au sein de la campagne. Alors, l'esprit conçoit et le cœur entend la mystérieuse voix du silence, harmonieuse et pénétrante voix qui chante son cantique au plus intime de notre âme, y fait couler les paisibles flots du calme et du recueillement, en fait sourdre et monter vers Dieu l'adoration, la prière et l'amour. En pensant au Créateur de la terre endormie et du ciel illuminé, au milieu de cet éloquent silence et de cette nuit radieuse, on se sent envahi d'une ravissante émotion. La nature, assoupie sous la sérénité du firmament, sommeille en paix à la garde de son auteur et paraît, jusque dans son repos, lui rendre grâces et louanges. Et le silence auguste et solennel des champs célèbre le Très Haut! Oui, vraiment, l'homme est plus près de Dieu quand se sont apaisés tous les bruits de la terre.

Baignés dans ce calme et cette douceur, inconscients du temps qui fuyait, nous serions restés longtemps, au bord du vallon, à goûter le silence et la nuit ; mais l'obscurité s'était faite, et la seule clarté des étoiles caressait maintenant les objets d'alentour de sa lumière pâle. L'heure était favorable pour se rendre à l'endroit précis d'où les enfants privillégiés aperçurent la Vierge ; ils l'aperçurent, en effet, dans le ciel étoilé d'une soirée, comme aujourd'hui brillante. Il est vrai qu'on était alors au cœur d'un terrible hiver et qu'aux rayons sans chaleur d'un firmament illuminé répondait le rayonnement glacé de la neige ; mais un feu intérieur empêchait les voyants de sentir les morsures du froid.

Nous rentrons, donc, au village et nous voici très vite au seuil de la grange où se trouvaient les deux petits garçons et les deux fillettes auxquels Marie daigna sourire. Appuyés sur la porte du bâtiment, aux humbles proportions, mais dorénavant illustre et sacré, nous apercevons devant nous, un peu plus loin que l'autre côté de la rue, à une modeste hauteur, le toit de la maison Guidecoq ; c'est là, au-dessus et légèrement en arrière de cette demeure, que la reine des cieux planait parmi les astres. En arrière et au-dessus de cette maison, on ne voit plus aujourd'hui la douce Vierge ; on y distingue seulement, dressant leur double croix au milieu des étoiles, les deux flèches de la basilique érigée en son honneur et en souvenir de ses miraculeux bienfaits.

L'émotion qu'on éprouve ou plutôt qui vous pénètre en un pareil endroit, et qui s'accroît tandis qu'on répète en son cœur : « C'est ici; c'est ici que la Vierge apparut ; c'est au milieu de ce lambeau du ciel, déployé devant nos regards, que se montra la divine Marie... » ; — cette émotion ineffable et puissante à la fois, qui saisit comme une impression de religieuse crainte et ravit en même temps comme un sentiment de confiance et d'amour ; cette émotion reste vivace au fond de l'âme et ne se décrit pas.

En plongeant les yeux dans le ciel, dans ce beau ciel de Pontmain, l'on y revoit, quand on le connaît, tout le récit d'une simplicité si loyale et si convaincante, et d'une si empoignante beauté, de la céleste apparition (1).

(1) M. Louis Collin a publié un ouvrage pieux et rempli de pensée, intitulé *Notre-Dame de Pontmain*, où il raconte en détails l'apparition de la très sainte Vierge ; il y ajoute une série de considérations, inspirées d'un esprit pénétrant et chrétien, où il s'efforce de montrer le lien intime et réel qui unit le miracle de Pontmain aux manifestations et aux révélations que le Sacré-Cœur et la douce Vierge ont prodiguées à notre pays et dont la lumière éclaire puissamment notre histoire.

Nous recommandons aussi, tout spécialement, aux lecteurs, le *Récit d'un voyant*, brochure éditée par les missionnaires de Pontmain, où le R. P. Joseph Barbedette, un des quatre enfants privilégiés de 1871, aujourd'hui oblat de Marie Immaculée, a consigné, par obéissance à ses supérieurs, ses souvenirs, — demeurés, on le comprend, très exacts et très complets, — de l'apparition.

Jeannette Détais entra dans la grange (page 22)

II. — L'APPARITION

C'était au soir du 17 janvier 1871, à la tombée du jour. Eugène et Joseph Barbedette, âgés de 12 et de 10 ans, avaient prié dès le matin pour la France et pour les soldats en campagne ; ils avaient prié, comme on priait, à Pontmain, depuis le début de nos malheurs, sous l'inspiration du vénérable et pieux abbé Guérin, curé de la paroisse ; ils avaient prié d'une ferveur spéciale à l'intention de leur grand frère, Auguste Friteau, né d'un premier mariage de leur mère, alors parti pour l'armée et dont on restait sans nouvelles.

En ce moment, ils étaient dans la grange, occupés avec leur père à piler des ajoncs, sous l'incertaine et fumeuse clarté d'une résine.

Depuis une demi-heure, ils travaillaient ainsi, quand Jeannette Détais entra dans la grange et vint leur parler. Cette pauvre femme était l'ensevelisseuse des morts : en accomplissant, ce jour-là, son pénible métier dans un village voisin, elle avait recueilli quelques nouvelles et les donnait à ceux que le doute angoissait sur le sort d'un parent. Par la porte qu'elle venait d'ouvrir, Eugène sortit. Tout à coup dans le ciel, illuminé, comme aux belles soirées d'hiver, d'astres plus brillants et plus nombreux, l'enfant aperçut une Dame immobile au-dessus du toit de la maison Guidecoq et qui le fixait en souriant. Les traits de la céleste Dame étaient si beaux, son regard était si doux, que l'enfant ne fut point effrayé du prodige et continua, paisiblement ravi d'une heureuse émotion, de contempler la mystérieuse figure.

Un instant plus tard, à Jeannette Détais qui sortait de la grange, il demanda si elle ne voyait rien dans le ciel ; Jeannette, avec un certain étonnement, répondit qu'elle n'y découvrait rien du tout. Ce dialogue attira, sur le seuil, le père Barbedette et Joseph, et celui-ci, à peine dehors, de s'écrier joyeux. « Holà !

oui, je vois une belle grande dame. » Un
echange très court de questions et de réponses
suffit aux petits privilégiés pour s'assurer
qu'ils distinguaient bien, tous les deux, la
même apparition. Cependant, leur père, aux
yeux de qui cette apparition demeurait invisible, finit par déclarer aux enfants qu'ils
devaient se tromper et leur enjoignit de rentrer
dans la grange ; en même temps, il priait l'ensevelisseuse des morts de ne souffler mot de
cet incident, que, dans le village, on pourrait
trouver ridicule...

Sous quelle apparence et quels traits s'était
montrée la belle Dame, on nous saura gré de
laisser, sur ce point, la parole au *Récit d'un
voyant*. Voici donc comment le P. Joseph Barbedette a décrit la céleste figure : « A sept
ou huit mètres au-dessus de la maison Guidecoq et en arrière, j'avais aperçu au milieu
des airs une Dame d'une beauté ravissante.

» Elle paraissait jeune, dix-huit ou vingt
ans, d'une stature assez grande.

» Son vêtement se composait d'une robe
bleu foncé. Quand on nous demanda de bien
préciser cette couleur, nous ne pûmes mieux
faire que de montrer des boules d'indigo dont
on se sert pour bleuir le linge.

» Sur cette robe étaient parsemées, sans
ordre aucun, des étoiles d'or à cinq pointes très
régulières, de même grandeur. Elles étaient

peu nombreuses et brillaient, sans cependant émettre aucun rayon.

» Sa robe tombait sans ceinture et sans taille depuis le cou jusqu'aux pieds ; elle était ample et formait quelques plis assez marqués ; aucun cependant ne pouvait faire supposer un appui quelconque. Les manches, larges, couvraient l'avant-bras et les mains jusqu'à la naissance du pouce à peu près. La robe ne portait d'ourlet ni en haut, ni en bas, ni aux manches ; elle entourait le cou de la façon la plus modeste et la plus gracieuse.

» Aux pieds, restés à découvert, la belle dame portait des chaussons du même bleu sans semelles, sans étoiles , mais ornés d'une boucle ou rosette d'or, formée par un simple nœud.

» Le voilé noir reposait sur la tête, couvrait les cheveux, les oreilles, retombait sur les épaules, de sorte qu'on pouvait l'apercevoir par-dessous le bras. Le voile cachait à peu près la moitié du front ; c'était comme un bandeau non tiré, avec quelques petits plis. Les plis étaient plus marqués à l'endroit où le voile retombait sur les épaules.

» La couronne d'or surmontait le voile noir. Elle ressemblait à un diadème : prenant en bas la forme de la tête, elle s'élevait presque droite en avant et s'évasait sur les côtés. La partie supérieure était plus élevée au milieu et s'abaissait à droite et à gauche. Enfin, la couronne était partagée au milieu par un liseré rouge, de cinq à six millimètres de largeur, qui courait tout autour.

» Ses mains étaient petites, étendues et abaissées vers nous, comme dans la Médaille miraculeuse, mais sans laisser échapper de rayons.

» Elle avait la figure ronde, un peu ovale cependant.

» A la fraîcheur et à la jeunesse du visage s'unissaient la finesse des traits, l'exquise délicatesse du teint, pâle plutôt que coloré.

» Sa bouche, petite, dessinait les sourires les plus ineffables. Ses yeux d'une douceur sans pareille et d'une incomparable tendresse, étaient dirigés vers nous... »

Cette apparition divine absorbait le cœur et l'esprit des enfants, tandis qu'obéissants à l'ordre de leur père, ils pilaient des ajoncs; mais bientôt le père lui-même, anxieux et troublé, dit à l'aîné de ses fils d'aller voir de nouveau si la belle Dame était encore là.

— Oh ! oui papa, s'écria Eugène, à peine sorti, c'est toujours la même chose !

— Alors, va chercher ta mère.

La mère arriva bientôt ; elle commença par rudoyer le petit Joseph dont la joie, s'échappant en cris de bonheur, attirait les voisins ; puis, aux pressantes questions de ses enfants, elle répondit, après avoir bien regardé, que ses pauvres yeux n'apercevaient rien. Toutefois, comme elle avait confiance en la loyauté de ses fils, elle ne savait trop que penser. Alors, chrétienne, elle eut recours au moyen suprême, à la prière : on rentra dans la grange, on se mit à genoux, on récita cinq *Pater* et cinq *Ave*.

— Maman, c'est tout pareil ! — Telle fut, dès leur prmier pas au dehors après cet acte pieux, la commune exclamation, ravie, des deux enfants.

Cependant, aux yeux des parents, la céleste vision restait toujours cachée. La mère essuya ses lunettes ; ce fut en vain, le firmament ne lui découvrit point la miraculeuse image. Alors, peut-être un peu dépitée : « Allons, dit-elle à ses enfants d'un ton sec, vous ne voyez rien du tout. Achevez le travail et venez souper. » Et, sur ces mots, elle rentra.

Eugène et Joseph avaient le cœur bien gros, quand, leur travail fini, ils s'en vinrent souper : cependant, ils n'eurent point de peine à obtenir, de leurs parents malgré tout émus et inquiets, la permission de ressortir... La belle Dame était toujours immobile au milieu du ciel, et leur souriait toujours : à genoux sur la neige, dont ils ne sentaient point la morsure glacée, les enfants prièrent ; puis, au bout d'un instant, fils soumis, ils regagnèrent la maison.

— De quelle grandeur est la belle Dame ? interrogea leur mère.

— Elle est grande comme Sœur Vitaline.

Ce mot fut un trait de lumière. « Allons chercher Sœur Vitaline ! » — Et Eugène et sa mère, immédiatement, s'en furent auprès de Sœur Vitaline, une religieuse humble et dévouée, qui faisait la classe aux enfants. Bientôt, Sœur Vitaline arriva devant la grange.

Mais, décidément, la céleste apparition ne se révélait qu'aux deux enfants ; aux yeux de la Sœur elle-même, elle fut invisible.

Toutefois, tandis que la religieuse rentrait, une inspiration du ciel éclaira son esprit : les Sœurs avaient trois jeunes pensionnaires ; elle les envoya, sous la conduite de Mme Barbedette, auprès des deux petits garçons qui affirmaient si fort apercevoir une belle Dame au milieu du ciel. Quelques instants plus tard, avec sa compagne en dévouement, la Sœur Marie-Edouard, elle vint les rejoindre ; à peine arrivée près de la grange, elle entendit des paroles émues, des cris de joie : deux des fillettes contemplaient l'apparition.

Françoise Richer, âgée de onze ans, et Jeanne-Marie Lebossé, âgée de neuf, aussitôt parvenues devant la grange, avaient jeté la même exclamation ravie : « Oh ! la belle Dame, avec une robe bleue... » Et les deux enfants, tout de suite, avaient décrit les détails merveilleux déjà racontés par les petits Barbedette.

De plus en plus, l'émotion gagnait les quelques personnes groupées autour des voyants ; la vérité de l'apparition pénétrait dans les esprits et dans les cœurs, y portant ce trouble religieux dont le mystère est accompagné. On résolut de prévenir le curé de la paroisse ; et la Sœur Marie-Edouard, emmenant Eugène avec elle, s'empressa vers le presbytère.

Cependant les voisins s'amassaient, formaient le cercle, interrogeaient les enfants privilégiés. Trois étoiles brillaient d'un plus vif éclat dans le ciel, enveloppant d'un triangle parfait la tête et les épaules de la belle Dame : aperçues de tout le monde, elles servaient de points de repère aux témoins de cette inoubliable scène. Avant que le curé ne fut arrivé près des enfants, l'on se mit à réciter des prières ; un pieux sentiment les faisait monter spontanément, du cœur aux lèvres. Entre temps, l'on pressait de questions les petits voyants qui répondaient toujours, sans jamais se contredire et sans détourner les yeux du visage harmonieux et pur qui leur souriait. Peu à peu, la nouvelle répandue avait fait courir tout le village ; et lorsque le vénérable abbé Guérin, conduit par Eugène et

la Sœur Marie-Edouard, fut parvenu, trem-
blant de surprise et d'émoi, devant la grange
Barbedette, il aperçut la population, quatre-
vingts personnes environ, tout entière assem-
blés dans ce lieu.

A cet instant, se place un premier changement dans le prodige.

« Au moment où M. le curé s'approchait de
la grange, écrit dans son *Récit d'un voyant*
le R. P. Joseph Barbedette, une petite croix
rouge, de sept à huit centimètres, se forma
instantanément sur le cœur de la belle Dame.

» Avec la même rapidité, et en même
temps, un cercle ou plutôt un ovale, se dès-
sina aussi autour de la belle Dame, large de
dix à douze centimètres, d'un bleu plus foncé
que celui de la robe. L'ovale entourait la
vision à la distance de cinquante centimètres
environ, laissant en dehors les trois étoiles
du triangle. Quatre bobèches simples, fixées
à l'intérieur de l'ovale, portaient quatre bougies, deux à la hauteur des épaules, deux à la
hauteur des genoux. Ces bougies n'étaient
pas allumées.

» L'apparition n'avait pas fait un mouvement, elle nous regardait toujours avec un
sourire céleste. »

— Voilà quelque chose qui se fait ! s'étaient
écriés les quatre enfants, tous ensemble ; et,

interrogés, ils avaient dépeint le céleste phénomène.

Dans le même temps, la petite Eugénie Boi-
tin, enfantelet porté dans les bras de sa mère,
avait battu des mains, ouvrant les yeux tout
grands vers l'apparition et bégayant : « Le
Jésus ! le Jésus ! »

Mais, parmi les témoins de ce spectacle merveilleux, tous ne priaient point, tous n'étaient
pas émus ; quelques-uns riaient, causaient,
disputaient avec les enfants. De ce nombre,
était Jean Guidecoq : il imagina qu'à travers
un foulard de soie il apercevrait la vision : cette
prétention fut prise au mot, le foulard apporté ;
bien entendu, ce système ingénieux n'eut
aucun succès et l'on se mit à rire...

Aussitôt les enfants consternés : « La voilà
tombée en tristesse ! » Ils avaient vu, en effet,
le sourire, effacé du radieux visage, y faire
place au chagrin.

Ce mot ramena le silence ; on se rapprocha
des enfants ; alors, à les voir groupés, on
s'imagina qu'ils pouvaient s'entendre. On les
sépara donc ; mais à ceux d'entre eux qu'on
avait éloignés, un mur cachait la belle Dame ;
et, peu à peu, chacun reprit son poste pri-
mitif.

Et les discussions continuaient toujours ;
enfin, le curé les apaisa par un mot qui fit
rentrer chacun dans son for intérieur : « Si

les enfants voient la Sainte Vierge, c'est
parce qu'ils en sont plus dignes que nous. »

La prière, dès lors, remplaça l'inutile dispute : on commença par réciter le chapelet.

La Vierge Marie voulut nous faire comprendre, à ce moment, par les regards innocents de ces humbles petits, les effets merveilleux de cette dévotion qui, pour ainsi dire,
accroît son pouvoir auprès du Seigneur et la
fait briller d'une gloire plus belle. A peine
était commencé le chapelet, que les enfants,
joyeusement surpris, virent grandir la céleste
figure. Une harmonieuse et lente augmen-
tation de sa taille, admirablement propor-
tionnée toujours, porta au double les dimen-
sions de l'apparition tout entière, y compris
le cercle bleu qui l'entourait. Et rien ne cho-
quait dans ce changement : le doux visage,
où le sourire était revenu, continuait à ravir
les yeux purs auxquels il voulait bien se révé-
ler. En même temps, la robe de la Vierge étin-
celait d'étoiles, à chaque instant plus nombreuses ; et les voyants s'extasiaient, criant
en leur langage enfantin : « C'est comme une
fourmilière, y en a-t-il, y en a-t-il ! elle est
presque toute dorée ! » Et puis, tandis que
ces perles du firmament venaient illuminer
leur reine, les étoiles du temps, que l'apparition grandissante allait cacher, s'écartaient
pour lui livrer passage et descendaient à ses

pieds pour s'y réunir en grappe éblouissante.

Aux assistants émus qui les questionnaient,
pressants, et les écoutaient, attentifs, les
quatre petits privilégiés avaient décrit la
merveille; on avait terminé le chapelet.
Sur l'ordre du curé, la Sœur Marie-Edouard
entonna le *Magnificat*.

— Voilà quelque chose qui se fait ! — Un
seul cri, formé de quatre voix, avait jeté cette
exclamation qui, sur les lèvres entr'ouvertes,
arrêtant le chant religieux, mit une ardente
et pieuse interrogation.

Les enfants expliquèrent ce qu'ils voyaient
encore : « Une grande banderole, écrit le P.
Barbedette en son *Récit d'un voyant,* une
grande banderole blanche, de 90 centimètres
ou 1 mètre de large, longue comme la maison
Guidecoq, venait dé nous apparaître au-dessous des pieds de la belle Dame. Cette banderole ne portait aucun ornement. On aurait dit
une bande de toile très blanche, bien tendue,
formant un rectangle parfait. »

Le chant reprit, après l'explication donnée;
mais le cantique de Marie fut souvent inter-
rompu par les quatre enfants ; car tandis que
s'égrenaient les versets du *Magnificat,* une
invisible main traçait sur la banderole, en
lettres d'or, un message céleste. Et les petits

voyants l'épelaient, à mesure, à l'assemblée suspendue à leurs lèvres :

— Voilà encore quelque chose qui se fait... C'est un bâton !... C'est une lettre... un M !... Ah! encore une autre... un A !... Une autre encore, un I !... un S : ..... MAIS.

MAIS, — ce mot, pendant quelque temps, resta seul au coin mystérieux de la page blanche, ouverte au fond du ciel. On conçoit de quelle ardeur brûlait la curiosité de la foule : aussi, les enfants étaient-ils harcelés de questions, contredits de mille manières.

Cependant, d'autres mots se fixant à la suite du *mais*, et annoncés immédiatement par les quatre petits, suspendirent les questions pressantes ; et au bout d'un instant, cette phrase illumina, de ses lettres dorées, les blancheurs de la banderole :

MAIS PRIEZ MES ENFANTS

Puis le céleste écrivain s'arrêta.

Plus vive encore et plus animée, la discussion reprit ; vingt et trente fois, les voyants durent épeler les lettres apparues, répéter les syllabes et composer les mots ; par mille moyens, on essaya de les mettre en défaut, de jeter entre eux la contradiction ; ce fut en vain... Et les quatre mots, formant la pieuse et pressante invitation de la Mère à ses enfants, brillaient toujours au firmament, sous les pieds de la Vierge Marie.

Parmi tous ces débats, la conviction pénetrait, plus profonde et plus sûre, au fond des esprits ; la dispute, bientôt s'apaisa, et, sur l'ordre du vénéré pasteur de la paroisse, on se mit à chanter les *Litanies de la Sainte Vierge*.

La belle Dame, sans doute, attendait qu'on priât ; car aussitôt les *Litanies* commencées, elle enjoignit à l'esprit qui traçait les mots de continuer le message divin. Lentement, une à une, et toujours annoncées par les quatre enfants, les lettres suivantes vinrent ajouter cette phrase nouvelle à la première phrase :

DIEU VOUS EXAUCERA EN PEU DE TEMPS

Après le mot *temps*, un gros point se forma, atteignant en hauteur le reste de la ligne et pareil à un soleil d'or.

La promesse énoncée dans cette dernière inscription avait soulevé tous les cœurs d'une invincible espérance et les assistants s'écriaient, transportés, joyeux, reconnaissants :

— C'est fini ! La guerre va cesser ; nous aurons la paix...

— Mais priez, interrompit Eugène Barbedette, évoquant les premiers mots du céleste

Ils pouvaient lire : Mon fils se laisse toucher (page 38)

message. Et l'on poursuivit la prière avec
une foi redoublée, avec une confiance irrésis-
tible.

Ici, se place un incident qui a sa part de
merveilleux et ne doit pas être omis d'un récit
fidèle : au cours des *Litanies*, la femme Guidecoq, incrédule, était rentrée chez elle. À
peine arrivée devant sa porte, une faiblesse
inouïe la précipita, d'un coup, sur la neige. En
vain s'épuisa-t-elle en efforts désespérés : elle
était, invinciblement, retenue au sol. Alors
elle employa le seul remède efficace en ce
genre de maux : de son cœur jeté vers Marie
sortit une prière, un acte de foi. Aussitôt, sa
force revenue lui permit de se relever, et, un
instant plus tard, elle unissait sa voix suppliante à la voix de tout le village. Elle-même,
humblement, a raconté cet épisode.

Aux *Litanies de la sainte Vierge* avait suc-
cédé l'*Inviolata*. Tout à coup, la formule
naïve, au parfum de franchise et de simplicité,
que déjà les enfants avaient employée plusieurs fois, éclata de nouveau : « Voilà encore
quelque chose qui se fait ! »

L'invisible écrivain des messages de Marie
traçait une autre ligne au-dessous de la première : à l'envi, les quatre voyants épelèrent:
M, O, N, F, I, L, S... ; MON FILS...

Or, au moment même où le mot « fils » était
achevé, la foule chantait cette invocation: *O*

mater alma Christi carissima! L'émotion fut profonde et vive au sein des assistants. Jusque-là, on avait pu demeurer incertain sur la personnalité de l'apparition ; maintenant, le doute était bien dissipé : c'était, évidemment, la sainte Vierge. Et chacun répétait, la joie au cœur et les larmes aux yeux : « La sainte Vierge ! C'est la sainte Vierge. » Et des âmes émues, monta vers les cieux le *Salve Regina.*

Pendant ce temps, sur la banderole, aux pieds de Marie, les enfants voyaient d'autres mots apparaître. A la fin du *Salve Regina*, ils pouvaient lire :

MON FILS SE LAISSE TOUCHER

Un gros trait d'or, soulignant cette phrase, annonçait la fin du message céleste. On ne chantait plus ; on interrogeait les petits privilégiés de la sainte Vierge ; on leur faisait mille fois répéter, tour à tour, l'ensemble des deux lignes et chacun des détails. Et mille fois, ils relurent, sans jamais se contredire et et sans jamais y changer un seul mot, l'inscription remplie de si douces promesses.

Après quelque temps, le curé pria la Sœur Marie-Edouard d'entonner un nouveau cantique. Et la Sœur se mit à chanter : *Mère de l'espérance...*, une harmonieuse et suppliante invocation que, tous les jours, depuis les débuts de la guerre, on avait adressée, dans l'humble église paroissiale, à la Vierge Marie.

« Aussitôt, lisons-nous dans le *Récit d'un voyant*, la sainte Vierge, qui jusqu'alors avait tenu les mains abaissées vers nous les éleva à la hauteur des épaules. Les coudes étaient légèrement appuyés sur les côtés, les mains étaient un peu inclinées en arrière, la paume tournée vers nous. Le bras gauche, ainsi relevé, ne cachait pas la petite croix rouge qui se trouvait sur le cœur. En même temps, la sainte Vierge souriait en nous regardant, du plus beau sourire que nous ayons pu contempler pendant toute l'apparition. »

Comment dépeindre le bonheur dont ce divin sourire avait transporté les enfants ! L'exubérance de leur joie se répandait en cris de ravissemment, communiquant un égal enthousiasme à la foule ! On riait de plaisir et l'on pleurait d'émotion.

Et, de ses mains levées, dont les doigts s'agitaient doucement avec une grâce infinie, la Mère du Sauveur, voulant s'associer au chant de ce peuple chrétien, semblait l'accompagner sur un invisible instrument, dont les chérubins devaient écouter la céleste mélodie.

Subitement, vers les derniers mots du cantique, la banderole avec l'inscription s'évanouit du firmament, « comme si, dit le P. Joseph Barbedette, un rouleau, couleur du ciel, eût passé en commençant à notre droite et l'eut enroulé sur lui-même ». Mais la Vierge était toujours là; le vénérable abbé Guérin fit chanter un nouveau cantique et l'on entonna:

Mon doux Jésus, enfin voici le temps
De pardonner à nos cœurs pénitents...

Aussitôt, les petits voyants de s'écrier, tous les quatre à la fois : « Voilà qu'elle retombe dans la tristesse. Encore quelque chose qui se fait ! »

Ce qui se faisait, c'était parmi les signes mystérieux de l'apparition de Pontmain, l'un des plus émouvants et des plus profonds. L'on nous saura gré d'en emprunter la description encore au *Récit d'un voyant* : « Une croix rouge, haute de cinquante centimètres environ, parut un peu en avant de la très sainte Vierge, qui abaissa les mains pour la prendre et la tenir devant elle. Cette croix d'un rouge sombre (rouge du sang veineux) portait un Christ d'un rouge vif (rouge du sang artériel). Le sang du Christ ne coulait pas. Le Christ, attaché à la croix, avait la tête un peu inclinée à gauche, nullement penchée ni en avant ni en arrière. On m'a demandé si ce Christ paraissait vivant. Je n'ai pas vu ses yeux. Je n'ai constaté aucun mouvement qui indiquât la vie.

« Au-dessus de la tête du divin crucifié, à

l'extrêmité du bâton de la croix, était un second croisillon, un peu plus court que celui auquel les bras étaient attachés. Ce croisillon, large de sept à huit centimètres, était blanc, et portait, en lettres d'un rouge vif, l'inscription en majuscules : *Jésus-Christ.* Les lettres avaient cinq centimètres environ de hauteur.

« La sainte Vierge tenait le bâton de la croix un peu au-dessous des pieds du Christ. Elle le tenait des deux mains doucement fermées et effleurant la robe à la hauteur de la ceinture, la main gauche au-dessus de la main droite.

« L'extrémité inférieure de la croix paraissait à peine. Le sommet de la croix était un peu incliné en avant, de quatre à cinq centimètres seulement. »

On se souvient que, dans l'ovale bleu dessiné autour de la Vierge, étaient suspendues quatre bougies, deux à la hauteur des genoux, deux à la hauteur des épaules. Au moment où Marie prit la croix en ses mains, et comme un hommage au divin crucifié, — ainsi qu'on allume aux cérémonies les cierges de l'autel, — une étoile des cieux vint enflammer ces bougies mystérieuses. La Vierge, cependant, les yeux baissés et les lèvres remuées par une prière, contemplait le crucifix couleur de sang. Ses larmes ne coulaient point; mais son visage, ont déclaré les quatre enfants, s'était voilé d'une tristesse impossible à dépeindre et dépassant l'imagination. C'était bien, dans sa plus poignante expression, la *Mater dolorosa*.

Les enfants qui voyaient, sur les traits de Marie, cet inénarrable chagrin ; les assistants dont la foi l'apercevait aussi, par les yeux des enfants, tous étaient remplis de peine ; et l'angoisse des cœurs faisait monter les larmes dans les yeux.

Il en fut ainsi jusqu'au bout du cantique. A l'instant où, ce chant terminé le curé fit entonner l'*Ave Maris Stella*, le crucifix disparut, les mains de l'apparition s'abaissèrent et dans les yeux de la Vierge Marie, se leva, comme une douce aurore, un sourire nouveau. Ce sourire, pourtant, gardait, de la tristesse à peine dissipée, comme une apparence plus grave. En même temps, deux petites croix blanches, sans Christ, se mirent à briller sur chaque épaule de l'apparition, donnant au virginal visage un cadre mystérieux.

Après l'*Ave Maris Stella*, on récita, sur l'invitation du pieux curé, la prière du soir.

Elle était commencée, quand les quatre voyants, tout à coup, aperçurent aux pieds de la Vierge Marie, un grand voile blanc, qui, lentement, se déroulait, montant peu à peu devant la figure céleste et, peu à peu, la cachant aux regards. Bientôt le buste seul apparut à leurs

yeux; le voile, un instant arrêté, reprit sa
marche insensible et les enfants ne distin-
guèrent plus que le visage, éclairé de son
plus radieux et plus tendre sourire. Un nouvel arrêt se produisit alors; puis, un autre
encore, au moment où le voile affleurait la
couronne. Enfin, tandis que s'achevait la
prière du soir, tout disparut. La Vierge Marie
derrière ce grand voile symbolique, était désormais cachée, sur cette terre, aux regards
humains qui l'avaient contemplée.

MAIS PRIEZ MES ENFANTS.

III. — AUTOUR DE L'APPARITION

Tout le récit de cette apparition porte un air de franchise et de simplicité, jusqu'en ses détails les plus mystérieux et les plus merveilleux, qui dispose invinciblement l'esprit chrétien, guidé par le cœur et par l'intelligence, à y adhérer pleinement. Ces quatre petits, innocents et pieux, si naïfs en l'expression de leur bonheur et dans la description des célestes beautés qui sont dévoilées à leurs yeux; ce père et cette mère, et tous ces paysans, si naturels, d'abord avec leur méfiance, ensuite avec leur foi, peu à peu conquise à l'évidence et bientôt transportée d'enthousiasme et de ferveur, — tout cela, on le sent, est profondément vrai.

Si, d'autre part, on entreprend de commenter l'apparition de Pontmain, on lui trouve un caractère encore plus saisissant, plus empoignant, d'authenticité. Mais, commenter tous ces phénomènes d'En-haut, chercher, sous le symbole, à découvrir les insondables vues et les divines volontés de la Providence, essayer de traduire, en langage mortel, un céleste langage, tout cela n'est-il point trop de hardiesse et de présomption ? Sans doute, il y a, dans la visite de Marie aux habitants de Pontmain, des détails d'une clarté parfaite et d'un sens éclatant; mais d'autres détails sont environnés d'un certain mystère; et, bien que convaincus qu'ils doivent porter, tous, une signification particulière et qu'ils ont, tous, un but précis, nous ne pouvons distinguer, cependant, à première vue, ni la signification ni le but.

D'ailleurs, ce sont surtout les premiers détails, les détails clairs et d'un sens évident, que nous voulons mettre en plus grande lumière, en les plaçant au rang qu'ils doivent occuper dans l'enchaînement des faits de notre histoire, examinée au point de vue surnaturel, au point de vue des rapports de la France avec Dieu. On y verra que l'apparition de Pontmain ne constitue pas un phénomène isolé, mais qu'il

se rattache à tout un ordre d'événements, très
consolants pour nous. Quant aux autres détails,
aux détails plus mystérieux, nous voulons en
dire aussi quelques mots,— comme en a parlé,
notamment, M. Louis Colin dans son remarquable ouvrage, et en nous servant d'explications qu'il a données ; mais, sur ce terrain,
nous ne marcherons qu'avec une extrême prudence ; et nous n'avons, bien entendu, la
prétention ni de tout éclairer, ni de bien éclairer
ce que nous essaierons de découvrir.

Pour donner à l'apparition de Pontmain sa
signification complète et toute sa portée, il
faut remonter assez loin dans notre histoire.
En y remontant, l'on constate un fait : comme
aux premiers temps de cette histoire, où les
adorables voies de la Providence ont conduit
Clovis aux pieds de saint Remi ; comme, ensuite,
aux époques troublées de notre vie nationale,
ou le Dieu qui aime les Francs a suscité, pour
sauver notre indépendance, une Vierge armée
de sa vertu ; — il est certain, pour qui sait re-
garder au-dessus des faits matériels et par conséquent pour tout vrai chrétien, que, de nos
jours aussi, le Seigneur a voulu accomplir, par
notre pays, de grandes choses : Il nous a pro-
digué les avertissements et les leçons, Il nous
a pressés des invitations de son amour et nos
malheurs, assurément, sont le châtiment de
notre indifférence et de nos refus. Lorsque,

en effet, nous considérons les demandes, spéciales à notre pays, qu'il y a deux cents ans, Notre-Seigneur adressait à la Bienheureuse Marguerite-Marie, en lui découvrant la merveille infinie de son cœur très sacré, nous pouvons dire, après David, avec une légitime fierté : « *Non fecit taliter omni nationi!* »

Hélas ! c'est presque au lendemain des jours, où la Bienheureuse avait reçu cette invitation divine et ces adorables révélations, que le dix-huitième siècle a pris son cours et charrié ses turpitudes. Quelle réponse à tant d'amour! Mais aussi, quel effroyable châtiment notre peuple a subi, par la révolution sanglante, à la fin de ce même siècle! On a pu croire un instant que la France, ingrate envers Jésus et infidèle à sa mission, était frappée de mort, assassinée par ses propres gouvernants! Non! elle allait revivre ; et Dieu ne voulait point la rayer du nombre des nations ; il ne voulait que l'avertir et la forcer de revenir à Lui.

Hélas, encore! après quelques années, le calme et la prospérité revenus ont effacé le souvenir des jours d'angoisse et de terreur, et la France, une fois de plus, a méprisé les coups de la Providence, elle a détourné ses yeux du cœur de Jésus qui s'ouvrait, d'une largeur infinie, pour la recevoir, en faire son missionnaire et la charger d'un manteau de gloire incomparable.

Dès lors, un nouveau châtiment menaçait à l'horizon. Pour que nul ne pût se tromper sur la vraie cause et la véritable portée des malheurs qui nous accableraient, Jésus prit soin de nous en avertir. Sa divine Mère apparut, dans la nuit du 18 au 19 juillet 1830, à la Sœur Labouré, fille de la Charité, et découvrit la punition future à l'humble religieuse : « Un moment viendra, lui dit-elle au milieu d'autres révélations, un moment viendra où le danger sera grand ; on croira tout perdu, là je serai avec vous. Il y aura des victimes dans d'autres communautés.

» Dans le clergé de Paris, il y aura des victimes aussi. Monseigneur l'archevêque mourra.

» Mon enfant, la croix sera méprisée ; on la jettera par terre, on ouvrira de nouveau le côté de Notre-Seigneur. Les rues seront pleines de sang, le monde entier sera dans la tristesse. »

Et la Vierge Marie, annonçant ces malheurs qui déchiráient cruellement son cœur maternel, laissait couler des larmes abondantes. Cependant la Sœur Labouré, dans la profonde et douloureuse émotion qui l'étreignait, se demanda à quelle époque auraient lieu ces calamités. Et une voix lui répondit très distinctement, au fond du cœur : « Dans quarante ans ! » Or, on était en 1830 : les malheurs de l'année terrible étaient donc annoncés, dès ce moment, comme le châtiment de la France infidèle.

Seize ans après, en 1846, au mois de septembre, un nouvel et terrible avertissement nous fut donné par la très sainte Vierge. Elle apparut, à la Salette, à deux enfants et prononça, les yeux noyés de pleurs, ces redoutables paroles : « Si mon peuple ne veut pas se soumettre, je suis forcée de laisser aller le bras de mon Fils. Il est si lourd et si pesant que je ne puis plus le retenir.

» Depuis le temps que je souffre pour vous autres, si je veux que mon Fils ne vous abandonne pas, je suis chargée de le prier sans cesse ; et, vous autres, vous n'en faites pas de cas. »

Et la très sainte Vierge Marie se plaignit de la profanation du dimanche et des blasphèmes odieux dont le nom sacré de son divin Fils est constamment outragé, ainsi que de la violation des lois qui prescrivent le jeûne et l'abstinence. Elle annonça, aux deux enfants, de terribles fléaux ; et parmi ceux qui leur furent prédits, nous avons déjà vu fondre sur nous celui qui devait s'attaquer à la vigne, à ce sang généreux et fécond du terroir français. La Vierge promettait, au contraire, à notre nation convertie, une pros-

périté merveilleuse... Hélas ! on n'a pas
voulu l'écouter !

Quelques années après, lorsque Marie voulut
sanctionner, pour ainsi dire, en le proclamant
à son tour, le dogme béni de son Immaculée
Conception, ce fut encore en un coin de notre
pays, aux pieds des Pyrénées, qu'elle apparut.
C'est à la France, d'abord, que s'adressa son
cœur et c'est parmi nous, en premier lieu,
qu'elle voulut, dans cette occasion surnaturelle, exciter la ferveur et l'esprit de
pénitence !

Mais la France avait détourné du ciel ses
regards avilis par la contemplation des objets
terrestres. Les prières des bons ne pouvaient
plus arrêter la colère divine, armée par la
corruption des mauvais par la dégradation des
mœurs et par l'impiété du gouvernement
impérial, qui, après avoir commencé en chrétien, prêtait son concours aux spoliateurs
du pape.

Les quarante ans prédits à la Sœur Labouré
touchaient, d'ailleurs, à leur terme, et l'heure
était venue, pour notre pays, de subir le châtiment de la défaite et de l'invasion. On ne
sait que trop combien il fut terrible et
douloureux...

Cependant, tandis que nos armées, constamment repoussées et vaincues, s'acharnaient
vaillamment à défendre, pied à pied, le ter-

ritoire envahi, — de toutes parts on priait ; de
tous côtés, montaient vers Jésus, vers Marie,
d'ardentes supplications, pétries de larmes !...
Mais, le glacial hiver passait, l'ennemi mar-
chait toujours au cœur de la France ; et l'heure
de la paix ne sonnait point encore. L'expiation
n'était-elle donc pas assez dure, assez complète
et nos péchés nationaux devaient-ils donc être
punis de mort ? Le bras du Seigneur, appesanti sur nous, ne devait-il se relever,
qu'après le dernier coin de notre sol écrasé
sous la botte prussienne et le dernier soldat
de notre armée tué par le fusil prussien ? C'en
était-il donc fait de la France ?... Et les supplications redoublaient et la ferveur devenait
plus pressante et l'angoisse des cœurs criait
miséricorde.

Enfin, le 17 janvier, au soir, la Vierge
apparut, à Pontmain, et déclara que la France,
en peu de temps, allait être exaucée. C'était
la promesse de la paix prochaine et la fin du
châtiment. Ce châtiment, l'Immaculée en avait
prédit la venue ; elle en annonçait également
le terme.

On voit combien directement se rattache au
passé l'apparition de Pontmain ; c'est à bon
droit que nous pouvions, tout à l'heure, affir-
mer qu'elle ne constitue pas un phénomène
isolé dans l'histoire. Elle ne constitue pas
davantage un phénomène isolé, dans le mo-

ment même où elle se produit; car la Sainte
Vierge a pris soin de l'accompagner, sur d'autres points du pays, de faits très significatifs
qui en confirment singulièrement l'authenticité. C'est le 17 janvier, au soir, que la Vierge
apparut; or, ce même soir du 17 janvier, on
priait, en certains sanctuaires privilégiés,
avec une piété plus grande, avec une ardeur,
qu'on pourrait qualifier de plus surnaturelle. Il
ne faut point, sans doute, abuser des coïnci-
dences : mais ici, nous en trouvons deux qui
sont vraiment admirables, et trop frappantes
surtout pour qu'on oublie de les signaler.

C'est à Saint-Brieuc que nous conduit la
première. Dans cette ville, en 1848, une asso-
ciation de prières avait été fondée sous le titre
d'*Archiconfrérie de Notre-Dame d'Espérance.*
Elle avait pour objet le salut de l'Eglise et de
la France, et avait, rapidement, pris une
merveilleuse extension. Non seulement cette
archiconfrérie était bien connue à Pontmain,
mais ce fut justement le chant composé pour
ses cérémonies, que les habitants du village
privillégié répétèrent aux pieds de la Vierge
Marie. Or, le 17 janvier, au soir, à l'heure
même où la très sainte Vierge apparaissait
dans les airs, à Pontmain, les habitants de
Saint-Brieuc faisaient, à Notre-Dame d'Espérance, un vœu solennel, afin d'obtenir, par
son intercession, que l'ennemi s'arrêtât au

seuil de la Bretagne, alors très menacée. Et,
le vœu prononcé, le peuple fidèle demeura
dans le sanctuaire, afin d'en prier la céleste
patronne : Il y resta jusqu'à l'heure où la
Vierge s'effaça du ciel, aux regards des
voyants de Pontmain.

Ce qui se passait, le même jour, a la même
heure, à Notre-Dame des Victoires, à Paris,
offre un caractère encore plus saisissant.

On commençait, en ce soir béni du 17
janvier, dans le célèbre sanctuaire, une série
de prières solennelles, qui devait se terminer
le 28, afin d'obtenir la délivrance de Paris et
la cessation de la guerre. M. l'abbé Amodru
parlait. Tout à coup, d'une voix inspirée, qui
fit tressaillir l'auditoire, il s'écria qu'il fallait
promettre à la Vierge Marie un cœur d'argent,
parce que la divine Mère, en ce moment même,
entre huit et neuf heures, sauvait la France.
Aux sentiments dont le simple récit d'un fait
pareil étreint nos cœurs, on conçoit l'émotion
qui dut s'emparer de la pieuse assemblée, lorsqu'elle entendit ce discours merveilleux.

..... Et c'était juste au même instant que,
dans le ciel de Pontmain, devant quatre enfants
remplis d'innocence et de piété, la Mère de
Jésus, notre Reine, ayant obtenu enfin la grâce
de son peuple, accourait pour nous l'annoncer.
Un voile noir assombrissait son front et couvrait ses épaules ; car la Souveraine des Cieux

daignait porter le deuil de nos armées vaincues ; mais un doux sourire éclairait son
regard, et respirait la joie ; car la Vierge très
douce apportait à ses enfants la radieuse espérance au milieu des douleurs. « Mais priez, mes
enfants, disait-elle d'abord », afin de nous
rappeler la nécessité, pressante toujours, pour
un peuple aussi bien que pour un citoyen,
d'invoquer le Seigneur ; et de l'invoquer après
le calme rétabli, dans la richesse et la tran-
quillité, comme on l'invoque au milieu de
l'angoisse et sous le coup de la souffrance ! Et
puis, après ce divin conseil, la parole de paix
était jetée, par la céleste messagère, à la
France meurtrie : « Dieu vous exaucera en
peu de temps ! »

« En peu de temps. » La promesse merveilleuse était prononcée le 17 janvier, et le mois
n'avait pas achevé son cours que l'armistice
était signé, la paix garantie. L'événement eut
lieu le 28 ; et d'un autre côté, le 28 était aussi
le jour où se terminait, à Notre-Dame des Victoires, la série de prières solennelles dont le
début avait été marqué par la coïncidence
admirable exposée tout à l'heure.

Cette date de l'armistice est connue de tous :
elle pourrait suffire à dégager la parole divine.
On ne regrettera pas, néanmoins, d'avoir
donné un regard attentif aux mouvements du
corps d'armée ennemi, qui, le 17 janvier,

occupait le territoire aux environs de Pontmain. Cet examen fera croître, au fond de nos
cœurs, une intime confiance en la céleste
apparition.

Le *Journal du grand état-major allemand*,
consulté sur ce point, nous répond :

« *Journée du 17 janvier* : — Le IX° corps
faisait occuper Sillé-le-Guillaume, le 17 janvier, par les troupes de tête seulement ; le X°
corps rappelait à lui le colonel Lekman, et,
après avoir fait relever l'infanterie et une
partie de l'artillerie attachées à la colonne du
général Schmidt, il les mettait en marche
avec mission de suivre l'adversaire aussi longtemps qu'elles le pourraient sans engager une
affaire sérieuse. — La 20° division s'établissait
auprès de Vaiges pour former repli.

» Le général Schmidt, prenant par la grande
route, atteignait les bords de la Jouanne sans
être inquiété. Informé que des colonnes ennemies rétrogradaient d'Evron sur Montsûrs, il
envoyait par Argentré un détachement assez
fort, conduit par le colonel d'Alvensleben,
pour leur barrer le passage. Une partie des
troupes françaises se rejetait alors sur Châ-
lons ; le reste rétrogradait sur Saint-Céneré
où il était recueilli.

» Dans la direction de Laval, on rencontrait
des troupes de toutes armes. Les dragons de
Magdebourg battaient le pays au sud de la

grande route et se heurtaient à une vive résistance.

» Le général Schmidt *arrêtait alors son mouvement et installait ses troupes en cantonnement derrière la Jouanne.*

» *Journée du 18 janvier.* — La colonne allemande, ramenant avec elle une centaine de prisonniers, laissait des postes d'observation à la Chapelle-Rainsouin, Soulgé-le-Bruant et Bazougers, *et venait prendre ses quartiers derrière Vaiges.* »

C'était la retraite. On s'était arrêté, le 17 au soir; le 18, au matin, l'on revenait en arrière. A l'heure précise où Marie apparaît, l'ennemi n'avance plus.

Un officier français, commentant cette marche, avoue ne la pouvoir comprendre; et il s'écrie : « Pourquoi ce mouvement subit, incroyable? Qui a empêché l'ennemi de marcher sur Laval et de s'en emparer dès le lendemain? Chanzy a sans doute massé les débris de ses troupes au nord de la ville, il a pris toutes les précautions d'un habile capitaine. Mais que peut-il espérer? Que feraient ses troupes affaiblies, démoralisées par des échecs successifs? Que peut Laval qu'aucun fort ne protège? Encore une fois, pourquoi l'ennemi a-t-il reculé? Pourquoi Laval a-t-il été sauvé? »

Et, à ce témoignage d'un Français l'on peut

ajouter les paroles d'un Allemand. Le général
Schmidt avait si bien reçu l'ordre d'entrer à
Laval et le commandant du corps d'armée,
installé dans l'évêché du Mans, était si bien
convaincu que cet ordre avait été obéi, que
le 17 janvier au soir, il disait, sûr de son
affaire, à Mgr Fillion : « En ce moment mes
troupes sont à Laval. »

Non les Allemands n'étaient pas à Laval,
mais « en ce moment » Marie planant dans les
airs, annonçait à Pontmain que la paix était
proche, et l'ennemi s'arrêtait, retenu par un
bras invisible. Cette force surnaturelle, le
général Schmidt, lui-même en eut le vague
sentiment; car il prononça ce mot merveilleux que la *Semaine Religieuse* de Laval
et les historiens de l'apparition ont tous rap-
porté : « Une madone garde ce pays et nous
défend d'avancer ! »

Notre-Dame d'Espérance, de Pontmain.

IV. — LE VŒU NATIONAL ET PONTMAIN

« Mon fils se laisse toucher ». — Après avoir recommandé la prière, après avoir promis la fin du châtiment, la Vierge Mère inscrivit ces derniers mots, d'un espoir infini, sur la banderole mystérieuse où se déroulait, en lettres d'or, son céleste message. Un peu plus tard on vit entre ses mains un crucifix sanglant et son regard se voila de tristesse; encore un peu plus tard, le crucifix sanglant, s'évanouit de ses bras, le chagrin tomba de son visage, et deux petites croix brillèrent à ses épaules virginales. Tels furent les derniers phénomènes de la divine apparition.

« Mon fils se laisse toucher! » Ainsi, malgré
tous les péchés de notre pays, malgré son
indifférence et sa froideur à l'égard du Cœur
Très Sacré de Jésus, qui le pressait amou-
reusement, depuis deux siècles bientôt, de se
donner à Lui, nos malheurs et nos supplications avaient enfin touché ce divin Cœur, et
Marie descendait des cieux pour l'annoncer à
la France. Il est permis de croire, il est raisonnable de penser qu'un fait spécial avait,
sur tout le reste, ému Notre-Seigneur; nous
voulons parler du Vœu national qui précisément, en ce mois de janvier, prit son premier
essor. C'est encore un rapprochement qu'il
faut signaler. Quand, en effet, l'on songe aux
attentions d'une miséricorde infinie, que l'ado-
rable Sacré-Cœur a daigné avoir envers notre
patrie; quand on réfléchit qu'à Paray-le-Mo-
nial, il a fait paraître, aussi clairement qu'on
le peut désirer, sa volonté d'accomplir, avec
la France et par la France, de grandes choses
au milieu du monde, on ne peut pas consi-
dérer, d'un esprit indifférent, cette coïncidence
merveilleuse. A la Bienheureuse Marguerite-
Marie, Notre-Seigneur avait demandé que la
France élevât une église à son Cœur Très-
Sacré, tout prêt à répandre sur nous, si on
lui accordait ce temple, une abondante pluie
d'ineffables bienfaits. Or, après la si longue
impiété qui avait armé contre nous la colère

de Dieu, c'est à l'instant même où quelques
chrétiens de grand cœur et de grande foi
commencèrent à préparer, ouvertement, publi-
quement, l'érection, par un vœu national, de
cette église au Sacré-Cœur, c'est à ce même
instant que Marie vient nous annoncer que le
Cœur de son divin Fils est enfin touché de nos
malheurs.

Dès le premier mois de la guerre, un pieux
laïc avait conçu l'idée d'un vœu solennel
au Cœur très Sacré de Jésus! M. Auguste Fiot
disait, vers cette époque, à son ami l'abbé
Herpin, aumônier de la princesse Clotilde :
« L'impératrice devrait aller à pied à Notre-
Dame, vêtue de deuil et suivie de tous les corps
constitués, pour y consacrer la France au
Sacré-Cœur.» La proposition fut aussitôt trans_
mise à la princesse Clotilde et, par elle, à
l'impératrice ; accueillie favorablement de
cette dernière, au moins en principe, elle se
heurta tout d'abord à des objections qui ne
furent pas immédiatement vaincues et sur-
montées, et, quelques jours après, la débâcle
de Sedan précipitait la chute de l'empire.

Au mois de décembre suivant, le président
du Cercle du Luxembourg, M. Béluze, eut l'idée
d'un Vœu de Paris à la Très Sainte Vierge. Il
s'en ouvrit à M. Beaudon, président général
des sociétés de Saint-Vincent de Paul ; et celui-
ci demanda conseil à M. Legentil, qui venait

de se rencontrer à Poitiers avec un autre
fervent chrétien, M. Rohaut de Fleury. Cette
pensée d'un Vœu s'empara de l'esprit de
M. Legentil qui, déjà, de son côté, cherchait un
moyen de faire violence au ciel en faveur de
la France accablée ; toutefois, il conçut un
projet quelque peu différent de celui de
M. Beluze et ce fut un vœu national au Cœur
Très Sacré de Jésus qui, dès lors, occupa son
esprit ; mais cette idée communiquée à ses
amis, n'obtint pas aussitôt leur agrément ;
pourtant, M. Legentil ne l'abandonna point. A
quelque temps de là, conduit par la Providence, il rencontra le R. P. Ramière ; en ce
moment précis, l'éminent religieux cherchait
aussi les moyens de promouvoir un vœu au
Sacré-Cœur de Jésus, mais pour un autre
objet, pour la délivrance du Souverain Pontife.
Après quelque échange de vues, les deux
conceptions se fondirent en une ; et les deux
hommes de Dieu résolurent d'inviter la France
à supplier le Cœur Très Sacré de Jésus, à la
fois pour la délivrance du Pape et le salut de
la patrie, pour l'Eglise et la France.

Quel serait le mode employé ? « Il nous a
paru nécessaire avant tout, écrivait à ce
propos M. Legentil, de chercher à désarmer
la colère divine par un grand acte d'expiation
et de pénitence, qui sera aussi, avec l'aide de
Dieu un moyen de préservation, et ce moyen,

dans notre pensée, doit être *l'érection à Paris d'une église monumentale dédiée au Sacré-Cœur* »... La Basilique de Montmartre apparaît déjà dans le lointain !

La formule du vœu fut rédigée en ce sens; et M. Legentil voulut d'abord, avant d'en commencer la propagation, la soumettre à l'autorité ecclésiastique. Il avait songé, en premier lieu, à obtenir l'autorisation de l'archevêque de Paris, Mgr Darboy; mais celui-ci se trouvait bloqué dans la capitale investie. M. Legentil demeurait à Poitiers; il vint consulter l'éminent prélat qui gouvernait alors ce diocèse. Après quelques objections, Mgr Pie accorda la permission demandée. M. Legentil, aussitôt, fit imprimer la formule du vœu et se mit en devoir de la répandre; il en entreprit sérieusement la diffusion, le 11 janvier... Et, six jours après, alors que le vœu commençant à être connu rencontrait ses premiers adhérents, six jours après, le 17 janvier, la Vierge Mère écrivait dans les cieux cette phrase bénie, qui nous fait tressaillir de reconnaissance et d'espoir « Mon Fils se laisse toucher. »

Il est impossible, encore une fois, de n'être point frappé d'un tel rapprochement. S'il s'agissait d'un autre vœu quelconque, on pourrait, à la rigueur, négliger cette coïncidence; mais le Vœu National a pour objet, précisément, de satisfaire à l'une des deman-

des adressées par le Sacré-Cœur à la bienheureuse Marguerite-Marie et, par son
intermédiaire, à la France. Eh bien, dès que
ce vœu n'est plus à l'état de simple projet,
dès qu'il reçoit un commencement d'exécution,
par la diffusion qu'on en fait et par les
adhésions qu'il recueille, aussitôt le Cœur très
sacré de Jésus veut bien se laisser toucher et
— miséricorde suprême ! — il veut bien que
nous le sachions. On dirait, en vérité, que,
malgré les supplications qui montaient vers
lui, du corps écrasé de la France, — ainsi que
du pressoir monte le parfum, — Notre-
Seigneur attendait, pour relever son bras
appesanti sur nous, qu'on se souvînt que, lui
aussi, daignant avoir besoin de la France,
avait demandé quelque chose à notre pays.
Et dans la phrase écrite au ciel par la Vierge
Marie, on croit distinguer comme un pacte
nouveau ; ou plutôt, c'est le pacte ancien que
le Cœur infiniment bon de Jésus consent, de
nouveau, à nous proposer. Oui, dès qu'on se
prépare à lui offrir, au centre de la nation, le
monument que son amour avait sollicité de
notre amour, Il daigne oublier nos trop longs
égarements ; Il « se laisse toucher » et ne se
souvient plus que nous avons refusé son
alliance ; Il veut bien la renouer encore, et,
si désormais nous lui gardons fidélité, faire,
avec nous les grandes choses qu'Il se pro-

mettait, voici deux siècles déjà passés, d'accomplir à travers le monde !

Mais poursuivons l'attentif examen de
l'apparition : après la douce promesse inscrite
au ciel de Pontmain, un nouveau phénomène
a lieu. La Vierge Marie selon le mot tout simple et gracieux des petits voyants, « retombe
en tristesse » ; un crucifix couleur de sang
s'élève entre ses mains. Bientôt cependant,
le crucifix sanglant est remplacé par deux
croix blanches, ainsi que le chagrin, sur les
traits de la divine mère, est remplacé par un
nouveau sourire. Nous n'essayerons pas
d'expliquer exactement ces signes mystérieux. Faut-il y trouver, dans la douleur
apparue au céleste visage, la prédiction des
journées de deuil et de sang qu'une insurrec-
tion contre le Crist et contre la patrie devait
nous faire traverser, avant le vrai retour du
calme et du repos ? Et, dans la joie revenue
sur les traits de Marie, faut-il découvrir les
trop courtes années de paix dont la religion a
pu jouir après la guerre et dont la politique a
si mal profité ? Ou plutôt, le crucifix sanglant
ne nous annonce-t-il point la guerre à Dieu
qui depuis quinze ans se déchaîne avec tant
de fureur ; et les croix blanches, lavées de ce
sang, et le sourire éclatant de nouveau dans
le regard de Marie ne promettent-ils pas à
l'Église de France après la persécution, le

triomphe? Souhaitons pour notre malheu=
reux pays, que la seconde explication soit la
plus juste et la plus vraie. En tous cas, pui-
sons dans la triste vue du crucifix sanglant
que Notre-Dame a voulu nous montrer, un
plus fervent amour du Christ, outragé par la
haine impie de tant de misérables et par
l'ignorance navrante de tant de malheureux!
Et puisque la très douce Vierge a tenu à
quitter Pontmain sur un regard d'espérance,
espérons!

On vit entre ses mains un crucifix sanglant (page 59)

V. — APRÈS L'APPARITION

Le merveilleux événement qui s'était produit à Pontmain, le 17 janvier, était trop
éclatant pour que la nouvelle, aussitôt, ne
s'en répandit point, avec une prodigieuse
rapidité, dans tous les lieux d'alentour.
D'ailleurs, de quelques villages voisins, on
avait aperçu, dans le ciel, à la fin de cette
soirée bénie, une grande et mystérieuse
lueur, comme d'un immense et lointain
incendie. Le lendemain, déjà, de nombreux
visiteurs accouraient à Pontmain, des campagnes environnantes. Quelques jours après,
c'était une foule, et, tous les soirs, l'humble

bourgade était envahie. De l'église à la grange, on allait, on venait; l'on se pressait, l'on priait, l'on pleurait, l'on chantait. Les hymnes, entonnées, devant l'apparition, étaient répétées par des centaines de voix pieuses; les prières, prononcées aux pieds de la Vierge Marie montaient d'une centaine de cœurs remplis d'enthousiasme et de foi. Des prêtres venaient célébrer leur messe à Pontmain. Une avide et touchante curiosité harcelait les enfants de mille questions; tous les assistants du drame divin étaient, comme eux, sans cesse interrogés; le vénérable abbé Guérin, dans son presbytère, était assiégé par le flot, montant toujours et toujours renouvelé, des visiteurs. Et chacun, lorsqu'il avait écouté le récit, admirablement simple et loyal, des petits voyants, qui, jamais, ni entre eux, ni entre leurs propres déclarations de la veille et du jour, ne variaient d'un détail; lorsqu'il avait entendu les habitants de Pontmain confesser leur défiance première et leur foi, peu à peu conquise à l'évidence; lorsque, enfin, le vieux curé lui-même avait laissé voir sa croyance en l'apparition, — chacun pouvait emporter dans son cœur l'intime et sûre conviction de la vérité des faits merveilleux, chacun s'en retournait ravi d'allégresse et de reconnaissance à l'égard de la Vierge Marie et rempli d'espoir en l'avenir.

Des semaines, des mois se passèrent ainsi ; et le courant puissant et doux qui entraînait les foules vers Pontmain, loin de se ralentir, devenait chaque jour plus fort et plus merveilleux. Une simple relation des faits, publiée avec la permission de l'autorité ecclésiastique, était, en peu de temps, répandue sur le sol de France à plus de vingt mille exemplaires ; elle était aussitôt traduite en plusieurs langues. Au village béni, l'affluence des pèlerins devenait constamment plus nombreuse ; on y voyait accourir, conduites par leurs curés, des paroisses entières ; vingt, trente et quelquefois cinquante messes y étaient célébrées en un seul jour. Et, en même temps que se multipliaient l'ardeur et la quantité des fidèles croyants, la Vierge Marie répandait sur eux des faveurs plus abondantes : on signalait des grâces de choix obtenues, des conversions, d'admirables bienfaits. Avant que la construction en fût autorisée, le monument que l'on projetait de bâtir à la Vierge Marie, sur le champ de l'apparition — offert dès le premier jour au curé de Pontmain — recueillait déjà, tous les jours, les souscriptions spontanées de la reconnaissance et de l'amour.

Pendant ce temps, l'autorité religieuse agissait, avec la lenteur, la prudence et la maturité que l'Eglise emploie toujours en ces délicates matières. Dès le 23 janvier, quatre

jours après l'apparition, le curé-doyen de
Landivy, de qui dépend la paroisse de Pontmain, avait adressé le récit des faits à Mgr
Wicart, évêque de Laval. Lui-même, avant
d'écrire, était venu à Pontmain, pour exa-
miner l'événement avec attention, pour faire
subir aux quatre enfants un premier et
sévère interrogatoire ; il y était arrivé, de son
propre aveu, incrédule ; après une minutieuse
enquête, il en était reparti convaincu. Quelque
temps après, le vénérable abbé Guérin insis-
tait à son tour auprès de Mgr Wicart. Celui-ci
répondit, le 13 février, que le temps n'était
pas encore venu de se prononcer sur les phénomènes merveilleux qu'on lui signalait, que
ces faits seraient l'objet d'une étude fort
longue et très approfondie, que si leur divin
caractère et leur authenticité étaient démon-
trées, ce résultat serait proclamé hautement.

Une première enquête fut instituée, au mois
de mars, sous la présidence de M. l'abbé
Vincent, vicaire général, auquel on adjoignit
comme assesseurs, l'archiprêtre d'Ernée et le
doyen de Landivy ; une seconde eut lieu vers
la fin de l'année, avec le secours de l'abbé
Sebaux, supérieur du grand séminaire et de
l'abbé Sauvé, théologal du chapitre diocésain,
qui fut plus tard prélat de la maison du Pape.
Épreuves, contre-épreuves, interrogatoires
séparés, objections pressantes, questions

La basilique de Pontmain s'est élevée dans les airs (page 87)

répétées sous des formes diverses ; aucune difficulté ne fut épargnée aux quatre enfants, aucun moyen ne fut négligé pour obtenir la lumière absolue, tout fut mis en œuvre. Jamais la moindre hésitation ne fut aperçue, jamais la plus mince contradiction ne fut relevée, ni entre les dépositions successives de chaque enfant, ni entre les affirmations des uns des autres. Rien, d'autre part, dans les témoignages nombreux qu'on avait recueillis, pesés, contrôlés, ne vint infirmer le récit des enfants.

Mgr Wicart voulut, de sa personne, interroger les petits voyants : il le fit en un jour solennel, pendant sa tournée pastorale, au moment même où deux des enfants venaient de recevoir Jésus pour la première fois, où les deux autres avaient renouvelé leur première communion, où tous les quatre allaient s'approcher du sacrement de confirmation. Le calme et la simplicité, en même temps que la concordance et la précision des réponses qu'il obtint, émurent singulièrement le pieux évêque. Il ne s'en tint pas, cependant, à cette épreuve et aux deux enquêtes : une commission de médecins très savants et très distingués fit subir aux enfants un examen physiologique. Le résultat de cet examen confirma pleinement la conviction qui déjà s'était faite en l'esprit du prélat. Néammoins,

5

pendant deux mois. encore, il se recueillit
devant Dieu, dans le silence ; et ce ne fut que
le 2 février 1872, en la fête de la Purification
de la très sainte Vierge, un an et seize jours
après l'apparition, que Mgr Wicart signa le
mandement solennel où il en proclamait
l'authenticité.

Dans ce mandement, après avoir raconté les
faits, résumé les longues enquêtes, l'évêque
de Laval condense les preuves accumulées et
les témoignages fournis dans une discussion
très éloquente et très serrée, d'où jaillit la
lumière avec tant de force et d'éclat que nous
tenons à en reproduire la plus grande partie.

Mgr Wicart s'exprime ainsi :

« Ce qu'étaient les enfants avant la journée
du 17 janvier, ce qu'ils n'ont pas cessé d'être,
c'est-à-dire des enfants sages et pieux, ce que
nous apprirent nos observations propres et
personnelles touchant leur caractères et leurs
qualités intellectuelles et morales, nous
l'avons brièvement exposé déjà. Dans le cours
de deux enquêtes canoniques, on demande à
l'un d'entre eux s'il n'aurait pas fait chose
louable et bonne en imaginant l'Apparition,
afin d'exalter la puissance et la gloire de
Marie. Et il répond : « Non, le mensonge n'est
» jamais permis. » Les autres, interrogés à
leur tour, déclarent en termes identiques
pour le fond, qu'à aucun prix ils ne con-

sentiraient à se rendre coupable de mensonge.

« Mais oseraient-ils maintenir leurs dires en face de la mort, au moment de paraître au tribunal du Souverain Juge? Sans ombre d'hésitations ils répondaient : « Oui ! » N'auraient-ils pas au moins quelque crainte? « Non! » réplique l'enfant de dix ans, la plus jeune des petites filles, « car en le disant, je » n'ai pas commis de péché. »

« Mais peut-être ces enfants, au souvenir du double prodige de Lourdes et de la Salette, ont-ils conçu la pensée et l'espoir de voir un jour quelque chose de semblable? Non, aucun d'eux n'a lu un récit circonstancié de ces prodiges; aucun d'eux n'a vu une seule des images ou représentations, si répandues, cependant, qu'en ont données la gravure et la statuaire. Le peu qu'ils avaient su de ces deux apparitions, antérieures l'une et l'autre à leur entrée dans la vie, ne s'était conservé dans leur mémoire que comme un souvenir à demi effacé, et, pour toute réponse à la question qui leur était adressée, l'un des jeunes garçons et l'une des jeunes filles disaient à peu près dans les mêmes termes : « Je » n'espérais voir la Sainte Vierge qu'au » ciel ! »

« L'Apparition imaginée par les enfants ! Mais est-il personne qui ne voie au premier

coup d'œil à quelles invraisemblances, pour
ne pas dire à quelles impossibilités morales,
vient se heurter une semblable supposition?

» Il s'agit, ne l'oublions pas, Nos très chers
Frères, d'enfants de dix à douze ans. « Ils
» sont — au moins trois d'entre eux — d'une
» constitution plutôt lymphatique que nerveu-
» se, d'un caractère parfaitement tranquille et •
» peu facile à émouvoir. » Tous ont été élevés
dans la simplicité qui convient à leur âge et
à la modeste condition de leurs familles; et
les facultés de leur âme, l'intelligence, l'imagination, la mémoire, ont reçu à peine le
commencement si limité de culture que peut
offrir une école primaire de village. Et pourtant c'est par ces imaginations si jeunes et
si peu cultivées qu'aurait été créé ce splendide tableau avec ses aspects changeants,
ses phases multiples et si variées, avec cette
multitude de circonstances toutes également
extraordinaires, se succédant dans un ordre
merveilleux, et, par une coïncidence plus
merveilleuse encore, répondant, — du moins
quelques-unes, les plus remarquables d'entre
elles — au sens de prières chantées par la
foule, non sur leur demande, mais sur l'ordre
du pasteur de la paroisse et sous la direction
des sœurs institutrices. Et ces enfants, en qui
il faudrait bien, en dépit de leur jeunesse,
reconnaître un certain degré d'habileté et de

prévoyance, auraient osé affronter l'éclat et la solennité d'une épreuve sur la place publique, pour y débiter leur fabuleuse invention, non en société d'un petit nombre de leurs compagnons d'enfance, mais en présence de quiconque voudrait entendre leurs étranges récits! Et ils auraient pu soutenir leur rôle pendant deux et trois heures sans que le moindre désaccord, la plus légère hésitation, aucun indice, d'aucun genre eût trahi leur imposture! Ils auraient réussi, au contraire, grâce à l'apparente simplicité d'une joie et d'un enthousiasme menteurs, non seulement à captiver et à retenir comme sous un charme, durant ces longues heures et malgré les rigueurs du froid, les cinquante ou soixante témoins de tout âge et de toute condition qui se pressaient autour d'eux, mais encore à triompher de leurs doutes, de leur méfiance ou de leur incrédulité!

« Ce n'est pas tout, d'ailleurs. Si l'on admettait que l'Apparition a pu être conçue et naître dans le cerveau de quelqu'un de ces enfants, évidemment il faudrait admettre aussi qu'elle n'en est pas sortie comme d'un seul jet et tout d'une pièce. Cet ensemble de choses, si bien coordonnées entre elles, ne pourrait être que le fruit de longues et laborieuses combinaisons. L'inventeur et ses complices auraient dû nécessairement se voir,

se concerter, régler en commun tous les
détails de la mise en scène et se pénétrer
profondément de tout ce qu'il serait convenu
de dire et de faire. Or, cette hypothèse d'un
concert ou d'une entente préalable tombé
d'elle même devant les preuves que nous
allons produire.

» Interpellés sur ce point dans l'une et
l'autre enquête, ces chers enfants — et dans
la dernière ils avaient fait serment sur les
Evangiles — ont protesté avec autant de calme que d'assurance qu'il n'a existé entre eux
aucune entente d'aucun genre « ni avant, ni
pendant, ni après » l'événement.

» Ces protestations, il est vrai, et nous en
convenons sans hésiter, ne sauraient suffire
seules pour dissiper tout doute sur l'existence
d'un plan préparé d'avance par les enfants. Il
faut d'autres témoignages, des témoignages
sûrs et désintéressés, qui servent d'appui et
de garant à leurs affirmations même les plus
solennelles. Ces témoignages nous vous les
apportons, nos très chers Frères. Presque à
la dernière heure, au moment où s'achevait le
travail que nous livrons aujourd'hui, nous
avons voulu entendre nous-même, une dernière fois, plusieurs des témoins appelés à
l'enquête du mois de mars. Ce sont d'abord les
Sœurs institutrices, dont nous avons constaté
avec un soin rigoureux le zèle et l'intelli-

gente vigilance. L'une et l'autre ont affirmé avec serment que ni le jour où le fait s'est produit, ni les jours précédents, les quatre enfants n'ont eu entre eux ni rapports particuliers, ni aucune communication. L'une d'elles avait dit auparavant : « Je signerais » de mon sang que les enfants ne se sont pas » concertés entre eux », et l'autre : « C'est le » cri de ma conscience que les enfants n'ont » subi d'aucun côté aucune influence. »

« Le vénérable curé qui administre la paroisse de Pontmain depuis plus de trente-cinq ans, M. Michel Guérin, que ses vertus, bien plus encore que ses années, recommandent au respect de tous, interrogé à son tour, nous répondit : « J'atteste devant Dieu qu'il » est impossible que les enfants se soient » concertés ; devant Dieu, j'affirme qu'ils » n'ont voulu ni tromper ni nous tromper. »

« Déjà dans la première enquête le digne pasteur, invité à dire quelle était leur conduite, avait répondu : « Très bonne, incapa- » bles de mentir et très pieux. Ils faisaient » beaucoup d'exercices de piété extraordi- » naires depuis le commencement de la » guerre, et ils continuent encore. » Et quelques jours après, huit nouveaux témoins affirmaient sur les saints Evangiles l'entière sincérité des enfants.

« A la suite de ces témoignages si nets, si

précis, et plusieurs fois si énergiquement exprimés, nous ne craindrons pas de produire même le témoignage de la mère des deux jeunes garçons.

» Sans doute le cœur d'une mère peut paraître suspect d'indulgence exagérée en ce qui touche ses enfants; mais il s'agit ici d'une femme d'un esprit droit et juste, d'une mère vraiment chrétienne, dont la parole emprunte une nouvelle autorité à la sainteté du serment qu'elle a prêté comme tous les autres témoins cités à l'enquête. Or, elle déclare que « jamais » ni elle ni son mari n'ont aperçu que les enfants aient fait le plus petit mensonge, et que personne au monde n'a pu leur donner l'idée de mentir et d'inventer le fait.

» Pour clore enfin cette série déjà longue de témoignages, nous extrayons quelques lignes encore de la première déposition de l'une des Sœurs institutrices. « Je ne crois » pas, dit-elle, que les enfants fussent capa- » bles de mentir. » Et sur cette seconde question qui lui est adressée : «Quelle est leur conduite ordinaire? » voici sa réponse : « En » tous, il y a un peu de légèreté, mais point » de malice; tous sont fort obéissants et » pieux, faisant beaucoup de prières. »

« Ce seraient cependant ces enfants dociles, craignant Dieu, ennemis de tout mensonge, qui auraient brusquement passé tous les quatre, sans aucune exception, de la plus grande réserve à la plus audacieuse invention qui se puisse concevoir dans un âge si tendre, et de la plus constante piété à la plus sacrilège comédie où Notre-Seigneur Jésus-Christ et sa sainte Mère auraient été indignement joués! Et cela au milieu du deuil de la patrie entière, quand l'angoisse était dans toutes les familles, la tristesse dans tous les cœurs; quand eux-mêmes avaient un frère pour lequel ils priaient tous les jours, et qui pouvait déjà être tombé sous le fer ou sous le feu de l'ennemi prussien! Non, non, ces vertueux enfants ne se sont pas transformés tout d'un coup en imposteurs sans honte ni frein; non, c'est imposible, et votre raison et vos consciences, nous n'en saurions douter, nos très chers Frères, le proclament non moins haut que la nôtre.

» Soit, pourrait-on dire ; mais s'ils n'ont pas voulu tromper, d'autres ont pu les tromper, eux-mêmes en leur suggérant l'erreur où ils sont tombés.

» L'imagination ardente fait aisément accepter, surtout à des enfants, des fables pleines de prestige. Nous le voulons bien. Mais où trouverez-vous ces imaginations ardentes et ces coupables instigateurs dans l'humble et obscur village de Pontmain ? Les deux petites filles étaient pensionnaires des Sœurs

institutrices, l'une depuis l'âge de 5 ans 1/2,
l'autre depuis l'âge de 3 ans. Elles vivaient
donc à peu près en dehors de tout contact avec
les personnes étrangères à l'établissement;
et les jeunes garçons, élèves externes de ce
même établissement, formés dès lors aux sa-
lutaires habitudes de travail si bien conser-
vées dans nos campagnes, passaient sous les
yeux de leur père, et en partageant son la-
beur, les heures de loisir que leur laissait
l'école.

» Quelles étaient d'ailleurs les guides, les
directeurs, les conseillers de tous les jours
que suivaient seuls en toute occasion cès dociles enfants ! C'étaient uniquement leurs parents, leurs institutrices et leur vénérable
pasteur. C'est par conséquent sur eux, ou du
moins sur l'un d'eux, qu'il faudrait contre
toute raison et toute évidence faire tomber
l'horrible accusation d'avoir ourdi une si indi-
gne et si cruelle trame. Nous vous le demandons à vous-mêmes, nos très chers Frères,
est-ce chose admissible ou même supposable?

» Mais il est une autre question qui se pose
comme d'elle-même et qui, au jugement d'un
grand nombre, pourra paraître importante
entre toutes. Ces enfants n'ont-ils pas été les
jouets d'une illusion des yeux ou d'une hallucination ? Cette question, nous ne nous le dis-
simulons pas, nos très chers Frères, dès les

premiers jours nous parut sérieuse, et trop incompétent pour la résoudre seul, nous comprîmes dès lors qu'une commission médicale, aussi sûre et savante que les circonstances nous permettraient de la former, aurait à nous prêter le concours de sa bonne volonté et de ses lumières. Cette commission s'est aisément trouvée, et, le 5 décembre, se réunissaient à l'évêché : MM. les docteurs Gustave Régnault, professeur à l'école de médecine de Rennes ; Anatole Bucquet, président du conseil d'hygiène du département ; Emile Ponthault, médecin des hôpitaux de Mayenne, pour procéder à l'examen de la question spéciale que nous venons d'énoncer et qui appartient essentiellement, et presque sous tous ses aspects divers, au domaine de la physiologie et de la médecine. Là en notre présence, et en celle de la commission désignée pour la seconde enquête, se présentèrent et furent examinés et interrogés l'un après l'autre les quatre enfants, uniques témoins oculaires du fait de l'apparition.

» Dans le docte travail qui résume leurs observations et expose les appréciations de chacun, les médecins déclarent, à l'unanimité, qu'il est impossible d'expliquer le fait par une affection morbide des yeux. « Les » yeux des enfants, ajoutent-ils, sont dans » l'état le plus satisfaisant ; et d'ailleurs, au-

» cune affection connue de l'appareil visuel
» ne saurait produire un semblable effet. »

« La possibilité d'une illusion d'optique
leur paraît également devoir être écartée en
l'absence de toute cause capable d'en pro-
voquer. Aucun point lumineux n'existait ni
à l'horizon, ni au voisinage. Les enfants,
dont rien à l'avance n'avait surexcité l'ima-
gimation, voyaient tous simultanément le
même objet, et l'indiquaient tous en même
temps, sans s'être fait part de leurs impres-
sions particulières. Rien, par conséquent, ne
peut faire songer à une illusion, résultant
chez quelques-uns de ses enfants du désir de
voir le fait extraordinaire dont leurs cama-
rades prétendaient être témoins.

» Mais pouvait-on admettre l'existence
d'une hallucination de la vue?

» Les médecins, d'un commun accord, ont
également repoussé cette hypothèse, suivant
laquelle une hallucination se serait produite
simultanément, avec la même forme, de la
même manière, pendant le même temps, et
un temps aussi long (trois heures), chez
quatre individus. Ils voient dans l'hallucination le résultat d'un état anormal et morbide
du cerveau qui reste personnel, non commu-
nicable, et rejettent d'une manière formelle
une interprétation aussi peu raisonnable que
celle d'après laquelle, on voudrait chez des

sujets différents d'humeur, d'allure et de constitution, généraliser un pareil fait.

» Les médecins concluent donc « qu'on ne » saurait, en aucune façon, expliquer le récit » de ces enfants, ni par l'existence d'une » affection morbide des yeux, ni par illusion » d'optique, ni par le fait d'une hallucina- » tion. »

Aucun lecteur, nous en sommes persuadés, ne regrettera d'avoir lu cette longue citation, si lumineusement convaincante et qui, s'il pouvait demeurer un dernier doute en quelque esprit, l'aurait pleinement dissipé.

A la fin de son mandement, Mgr Wicart déclare en termes solennels, que « l'Immaculée Vierge Marie, Mère de Dieu, a véritablement apparu, le 17 janvier 1871 » aux quatre enfants privilégiés ; il autorise dans son diocèse, « le culte de la bienheureuse Vierge Marie, sous le titre de Notre-Dame d'Espérance, de Pontmain » ; enfin il invite avec chaleur tous ses diocésains à contribuer, chacun selon son possible, à l'édification d'un monument « destiné, dit-il, à perpétuer à la fois le souvenir de la protection spéciale dont l'Auguste Mère de Dieu a couvert notre contrée, et celui de la reconnaissance sans terme ni mesure que nos cœurs lui ont vouée ».

Promptement, l'appel de Mgr Wicart fut

entendu dans son diocèse et dans toute la
France. Déjà, nous l'avons dit, de nombreux
pèlerins, reconnaissants à la Vierge Marie,
avaient prévenu l'invitation pastorale ; après
le mandement, les souscriptions affluèrent
en nombre, et, le 16 juin 1873, en la fête du
Sacré-Cœur, au milieu d'un puissant concours de peuple et d'une émouvante cérémonie,
la première pierre de la Basilique était solennellement posée.

Deux ans après, jour pour jour, une autre
cérémonie non moins touchante avait lieu sur
le champ de l'apparition : à l'heure même où,
au sommet de la colline sacrée de Montmartre,
au-dessus du vaste Paris, Mgr Guibert, entouré de prélats, d'un clergé nombreux, de
cent cinquante députés, d'une foule immense
et transportée d'espérance et de foi, posait la
première pierre de la Basilique, ex-voto national de la France au Sacré-Cœur, Mgr Wicart, et plus de dix mille pèlerins, à genoux
aux pieds de Notre-Dame de Pontmain, con-
sacraient le diocèse de Laval au Cœur Très
Sacré de Jésus. En inspirant à Mgr Wicart la
pensée de choisir Pontmain, pour y accomplir cette consécration, ne semble-t-il pas,
en vérité, que le Seigneur ait voulu marquer
plus profondément, plus clairement, le lien
direct et mystérieux qui unit le Vœu National
à l'apparition du 17 janvier?

Depuis ce jour, la basilique de Pontmain s'est levée dans les airs, et s'est ouverte aux pèlerins, dont le concours empressé n'a pas cessé d'être considérable. D'aucuns y viennent seuls, de loin, touristes dévots et pieux visiteurs des lieux sanctifiés de notre pays ; on y arrive aussi par groupe ; on y accourt même en procession. On s'y présente avec espoir, avec confiance, avec amour ; on en repart heureux, fortifié, consolé. La Vierge Marie distribue, en ce sanctuaire privilégié qu'elle s'est choisi, des grâces abondantes et d'éclatants bienfaits. « Ici, écrit M. Louis Colin, c'est un enfant guéri, là un soldat converti, là une jeune fille, là une mère menacée de la mort, et retrouvant la vie après une visite faite à Pontmain. » Et le pieux auteur de *Notre-Dame de Pontmain*, voulant donner quelques exemples, raconte au long les cas merveilleux de Morin du Tertre et de Michel Leblanc.

Morin du Tertre avait donné à la Vierge Marie le champ sur lequel elle était apparue. Mais, voilà qu'atteint depuis longtemps de douloureux battements de cœur, il est frappé soudain d'une crise terrible et se trouve bientôt à deux doigts de la mort. L'enflure menaçante a gagné les jambes, la ceinture, elle approche du cœur ; les médecins renoncent à sauver Morin. Dans cet état le malheureux court à Pontmain ; la Vierge Marie protège son voyage ; il en revient vivant encore, ayant ardemment prié pour sa guérison, rempli d'espoir. Le lendemain matin, l'enflure et les battements de cœur, tout avait disparu.

Michel Leblanc ne montra pas moins de foi dans Notre-Dame de Pontmain ; et cette foi obtint la même récompense. Un énorme et repoussant ulcère au nez, depuis quatre ans déjà, rongeait le malheureux, lui menaçant ce membre et lui bouchant un œil. Les médecins ne pouvaient le guérir, il pensa que la Vierge Marie le guérirait ; il s'en vint donc la prier dans son vénéré sanctuaire ; ainsi que Morin du Tertre, il en partit le cœur ravi d'espoir. Trois jours après au matin, la croûte hideuse tomba comme un fruit mûr ; du mal rongeur, il ne restait plus que la cicatrice.

***

O douce et puissante Vierge Marie, ô Notre-Dame de Pontmain, vous qui avez daigné guérir un malheureux du terrible mal qui le rongeait, daignez guérir aussi la France et la délivrer des ulcères hideux qui dévorent son âme et menacent sa vie. Vous êtes apparue dans ce vallon béni, pour témoigner, une fois encore, à notre nation combien Dieu l'aime et la veut à son cœur. Vous êtes descendue sur notre sol, aux derniers jours de la poignante guerre, afin de nous montrer clairement que cette guerre était le châtiment, et que ce châtiment avait apaisé la colère de Dieu. Par cette admirable et délicate attention de votre amour maternel, nous avons su que nos malheurs et nos prières, et, surtout, les supplications que vous aviez répandues pour nous aux pieds de votre divin Fils, avaient touché son cœur. Vous êtes venue, ô Marie, nous déclarer que ce Cœur infiniment miséricordieux voulait bien refaire avec nous l'alliance sacrée que nous avions, jusqu'à ce jour, refusé de faire avec Lui.

Hélas ! ni le redoutable avertissement de nos malheurs, ni le ravissant témoignage de votre amour n'ont touché le cœur de la France ; après quelques années, selon la vigoureuse expression de l'Ecriture, elle est retournée à son vomissement. Un gouvernement impie, soutenu par un peuple aveuglé, conspire incessamment contre votre divin Fils, proscrit son image et déchire ses lois. La foi, de jour en jour, baisse dans les esprits, et la corruption monte dans les cœurs... De quel effroyable et nouveau châtiment notre malheureux pays n'est-il point menacé ! Vierge Marie, pourrez-vous longtemps encore arrêter le bras du Seigneur, armé contre nous par nos crimes ?

Oh! Notre-Dame de Pontmain, souveraine de France, ayez pitié de votre royaume et de vos sujets. Vos fils suppliants crient vers vous. Daignez écouter leur prière et sauver, encore une fois, notre pays. Qu'il se retourne enfin vers vous et vers le Cœur très sacré de Jésus, — pénitent, repenti !

Et si la justice divine a besoin de notre châtiment, si l'expiation est nécessaire, abrégez-la du moins, douce Vierge Marie, et ne permettez point qu'elle nous écrase à jamais. Puissiez-vous, au contraire, obtenir de Dieu que ce dernier coup nous éclaire et nous change, et qu'avec la leçon du châtiment, la France, enfin, reçoive en même temps la grâce du repentir et de la conversion !

La basilique de Pontmain.

APPENDICE

LA BÉNÉDICTION DES CLOCHES A PONTMAIN [1]

Pontmain, 11 octobre 1896.

Nous voici à Pontmain, sur la terre bénie que la Vierge Marie est venue visiter il y a

[1] Le travail qu'on vient de lire parut d'abord en feuilletons, dans le journal l'*Univers*, aux mois d'août et septembre 1896. Un peu plus tard, l'auteur étant retourné à Pontmain pour la bénédiction solennelle des cloches (dont il parle plus haut, — voir page 14), donna au même journal un compte-rendu de cette cérémonie; ce compte-rendu se rattache si intimement au sujet du livre qu'il nous a paru intéressant de le publier ici sous forme d'appendice.

(Note de l'Éditeur.)

vingt-cinq ans, dans le vallon tranquille et
délicieux qu'elle a choisi pour y annoncer à
notre nation malheureuse et vaincue, que le
cœur très sacré de son divin fils était enfin
touché par nos malheurs et nos supplications.
La campagne est revêtue d'automne ; et, parmi les labours aux tons bruns, parmi la verdure des prés, emperlés de rosée fraîche, on
voit les grands arbres jaunis secouer leurs
feuilles mortes. Mais, pour l'âme, à Pontmain,
c'est toujours le printemps ; c'est toujours le
printemps, qui chante, au fond des cœurs
français, l'hymne joyeux de l'espérance.

Aujourd'hui, Pontmain est en fête, et de
toutes parts, aux habitants du village privilégié, malgré le temps maussade et le ciel
menaçant, des flots de pèlerins ont accouru se
joindre. Aujourd'hui, Mgr Geay, évêque de
Laval, bénit le superbe carillon de vingt-cinq
cloches, qui bientôt doit redire aux échos d'a-
lentour les harmonieux cantiques de Marie.

Les vingt-cinq cloches, à la robe neuve,
étincelante comme argent, depuis la majes-
tueuse reine du carillon qui ne pèse pas moins
de 3,500 kilos, jusqu'à la benjamine, au modeste poids de 22 kilos seulement, ont été fon-
dues par MM. Paccard, les artistes chrétiens,
de science profonde et de goût sûr, auxquels
nous devons la *Savoyarde*. Installées dans les
flèches hardies de la basilique, elles obéiront

aux ressorts délicats et puissants du mécanis-
me ingénieux, imaginé par le savant abbé
Maisonnave : un seul homme, installé devant
un clavier, pourra, grâce à cette invention,
manier ce poids gigantesque..... et le bronze,
animé par la pression d'un doigt, célébrera la
Vierge d'Espérance.

Une inspiration très heureuse a distribué
aux cloches de Pontmain le nom des provin-
ces de France et des grandes cités : on veut
ainsi, quand le carillon chantera, que ce soit
la voix même de la patrie qui, enveloppée
dans le timbre harmonieux du métal sonore,
monte au ciel et résonne auprès du divin cœur.
La maîtresse cloche a nom la *France;* les autres sont la *Maine,* la *Normandie,* la *Bretagne,* la *Messine,* la *Parisienne,* l'*Angévine,* la
Tourangelle, la *Grenobloise,* la *Bordelaise,* la
Briançonnaise, la *Toulousaine,* la *Rouennai-
se,* la *Lorraine,* la *Marseillaise* et la *Savoi-
sienne.* Aux neuf autres cloches on a réservé
les titres suivants : la *Romaine,* l'*Immaculée,*
la *Religieuse,* l'*Apostolique,* la *Militaire,* la
Paroissienne, la *Maternelle,* la *Marie,* la
Fraternelle. Enfin, voici la liste des parrains
qui s'unissent autour de ce beau carillon : le
T. R. P. Soullier, supérieur général ; les RR.
PP. Voirin, assistant général, Rey, Besson et
Thiriet, religieux de la congrégation des
oblats de Marie-Immaculée ; MM. les abbés

Lemaître et Chartier, vicaires généraux de
Laval; le R. P. Hamelin, supérieur du collège
de l'Immaculée-Conception ; MM. les abbés
de Lanterie, Augustin Albouy et Marius
Blanc; MM. le vice-amiral marquis Gicquel
des Touches, Friteau, maire de Pontmain, le
marquis de Champagné, le comte de Rougé,
le vicomte d'Elva, de La Perraudière, de
Sonis, Morin du Tertre, Affichard, Pannetier,
Dardelet, François Lemius, Alfred Le Dau-
phin.

**

Hier soir, à six heures, à la tombée du jour,
Mgr Geay, le nouveau pasteur de ce fécond
et consolant diocèse de Laval, a été reçu, par
une population empressée, enthousiaste et
joyeuse, à l'entrée de Pontmain.

Naguère, il y a peu de mois, l'abbé Geay
consacrait un superbe et touchant discours,
un des derniers qu'il prononça comme curé de
la primatiale de Lyon, à célébrer la Vierge de
Fourvières, à chanter la Dame bénie de cet
ancien pèlerinage, antique entre tous ceux où
vient prier la France aux pieds de la reine du
ciel. Aujourd'hui Mgr Geay, à peine installé
sur le siège épiscopal de Laval, consacre son
premier voyage apostolique à glorifier la
Vierge de Pontmain, dans ce sanctuaire encore inachevé, l'un des plus récents que la

divine Mère ait demandés à ses enfants de France... Avoir terminé par Fourvières et commencer par Pontmain, c'est ouvrir, en vérité, un bel épiscopat que devra protéger, sans aucun doute, et féconder la Très Sainte Vierge Marie !

Ce n'est point, d'ailleurs, par sa hâte pieuse à la visiter, que le nouvel évêque de Laval a témoigné, pour la première fois, sa dévotion particulière à Notre-Dame de Pontmain. Dès sa lettre pastorale, et même au début de cette page éloquente et chaude, il s'en proclamait déjà « le chevalier. »

« Notre-Dame de Pontmain, s'écriait-il... C'est vers elle que nous élevons tout spécialement notre cœur aujourd'hui. C'est à Elle que nous demandons de bénir tout particulièrement sur les rives de la Mayenne, l'auguste ministère que nous allons bientôt inaugurer parmi vous. C'est d'Elle que nous attendons ces secours puissants, ces grâces quotidiennes, ces lumières pénétrantes, qui font les évêques selon le cœur de Dieu, les besoins des âmes et les désirs de l'Eglise.

» Nous avons su — et c'est pour nous une source de grande confiance -- qu'un très grand nombre d'âmes, dans le beau diocèse que Dieu nous a donné, ainsi que les vénérés religieux qui desservent le sanctuaire de

Pontmain, ont prié pour nous la Vierge miraculeuse. Que tous en soient remerciés et bé-
nis ! Ces prières encouragent et remplissent
d'espoir celui qui se fait une gloire d'être bientôt le serviteur et le chevalier de Notre-Dame
de Pontmain. »

Faut-il, après avoir lu ces mots, s'étonner
que Pontmain, tout heureux de saluer le nouveau pasteur du diocèse, au début de son épiscopat, montre une joie plus ardente encore et
plus vive, et fasse un accueil plus reconnais-
sant et plus chaleureux au prélat qui parle de
la sorte !

Aussi, tous les habitants du village étaient-
ils rangés hier, à six heures du soir, autour
de l'arc de triomphe élégant et rustique et
d'air fort gracieux, qui enjambait la route, à
l'entrée du bourg. M. Friteau, maire de Pontmain, ceint de l'écharpe tricolore, entouré du
conseil municipal au complet, attendait la
voiture épiscopale. Enfin, la voici qui paraît
au tournant du chemin ; elle arrive et s'arrête
au seuil d'une humble chapelle érigée en ce
lieu comme une sentinelle sûre à la limite du
sol béni. Mgr Geay en descend, accompagné
de ses deux vicaires généraux, MM. Lemaître
et Chartier, et de son secrétaire particulier,
M. l'abbé Dissard. Aussitôt, M. Friteau s'a-
vance et d'une voix à la fois énergique et
tremblante, émue et vigoureuse, il adresse à

Sa Grandeur un petit discours de bienvenue, tout embaumé de foi, de franchise et de cœur. Sa Grandeur lui répond en quelques mots très délicats ; puis, le cortège s'avance à travers les rues du bourg, que bordent des mâts élancés où flottent des bannières. On arrive à la basilique, éclatante de lumière au milieu de la nuit qui tombe et parée en fête ; on entre et Mgr Geay se dirige vers le chœur.

Des deux côtés de l'église au large vaisseau, entre la grande et les petites nefs, les vingt-cinq cloches du carillon, vêtues de leur robe de baptême, dorment sous la dentelle et les rubans fleuris, en attendant la cérémonie qui doit éveiller, le lendemain, leur voix retentissante et douce.

L'évêque de Laval a pris sa place au trône élevé pour lui dans le chœur. Le R. P. Timothée Richard monte en chaire et donne le dernier sermon du Triduum qu'il prêchait en préparation à la fête. Après avoir adressé un profond et superbe hommage à Mgr Geay, le pieux dominicain montre excellemment la puissance du Rosaire et exhorte vivement le peuple chrétien qui l'écoute à réciter souvent, avec dévotion, cette prière à laquelle est attachée la victoire. Un salut solennel, accompagné des chants harmonieux et purs que sait si bien exécuter la maîtrise des religieux, termine la cérémonie ; et chacun s'apprête à

6

puiser, dans le repos, une nouvelle ardeur
pour les solennités du lendemain.

*
* *

Ce matin, comme on l'a déjà dit, le jour
s'est levé dans la brume et l'humidité ; de
gros nuages lourds traînaient sous le ciel,
au bas de l'horizon, leur masse grisâtre et
menaçante. En dépit de ce temps, le nombre
des pèlerins, dès l'aube, était considérable et
n'a cessé de s'accroître au cours de la journée. A la grand'messe, assistait une foule
énorme, et l'on ne pouvait plus compter l'affluence à la cérémonie du baptême ; autour de
l'église remplie, des groupes compacts en
occupaient les alentours. La Vierge a récom-
pensé ce zèle et cette foi : peu à peu, les
nuages amoncelés se sont évanouis, et, par
les déchirures de l'écran qu'ils avaient d'a-
bord interposé entre le ciel et nous, est apparu, à nos regards, un azur très doux et très
pur. Lorsque la nuit est revenue, elle a pu
répandre à profusion, pour la joie de nos
yeux, ses myriades d'étoiles. Grâce à Dieu,
nous avons donc joui d'une belle journée : la
Vierge de Pontmain à brillamment fait, au
nouvel évêque, à son « chevalier », les hon-
neurs de son sanctuaire.

Pendant la matinée, aux différents autels
de la basilique, on a vu les prêtres succéder

aux prêtres et ce n'a pas été sans une grande
joie que les religieux ont pu constater l'em-
pressement des pèlerins à la table eucharisti-
que. A sept heures et demie, à la messe de
Mgr Geay, la maîtrise a de nouveau prêté le
concours de ses chants. A 10 heures, la grand'-
messe a été célébrée solennellement par
M. le vicaire général Chartier, au milieu des
brillants et pieux morceaux exécutés avec
beaucoup d'ensemble et de talent par la
société musicale d'Ernée. Le R. P. Rey, le
très pieux est très ardent supérieur des missionnaires de Pontmain, est monté en chaire
après l'Evangile ; il voulait simplement donner quelques avis ; mais, entraîné par la chaleur de son âme et l'élan de son amour envers
Marie, il a jeté son cœur dans une émouvante
et pieuse improvisation qui a trouvé le chemin de tous les autres cœurs.

A midi, un banquet réunissait autour de
Mgr Geay les parrains et marraines des cloches avec plusieurs autres invités. L'évêque
de Laval y a prononcé quelques mots remplis
de grâce et d'esprit : son compliment, si charmant et si cordial à la fois, à Mme Barbedette,
la mère, heureuse et bénie par le ciel, des deux
petits garçons, prêtres aujourd'hui, qui ont
vu la Sainte Vierge, a profondément ému tous
les assistants. L'éloquent prélat qui, un instant plus tard, allait montrer le souffle et la

vigueur de son talent oratoire, a fait voir, en ce toast, qu'il savait manier, aussi bien que l'ampleur des grands discours, la finesse et le délicat des plus courtes allocutions. De son côté, le P. Rey, répondant à Sa Grandeur, a montré une fois de plus l'ardeur de son zèle et la chaleur de ses sentiments.

Après ce dîner, l'on s'est de nouveau rendu à la basilique et l'évêque, avant de procéder au baptême des cloches, est monté en chaire.

* *

De ce beau discours je voudrais apporter mieux qu'une sèche et rapide analyse, un simple résumé qui donne le squelette et qui ne montre point l'éloquence, cette chair et ce sang de la parole, et qui ne fait pas sentir non plus le souffle de la vie, cette âme des discours...

Ego vox. Prenant pour texte ces deux mots, l'évêque de Laval, après avoir salué en termes vibrants ce sanctuaire privilégié de la Vierge Marie, auquel il aspirait de toute son ardeur ; après avoir déclaré encore une fois qu'il voulait devenir l'apôtre de Pontmain, — l'évêque de Laval a merveilleusement interprété la voix des cloches ; la voix, en particulier, de ces cloches rangées dans l'église et qu'il se préparait à baptiser.

Les cloches, dit-il, ne rendent pas seule-

ment un son harmonieux et vain; elles ont
une voix et parlent à l'âme ; or pour parler à
l'âme et y réveiller des échos profonds, il faut
soi-même avoir une âme. Les cloches ont
une âme. On bénit un navire, on *baptise* une
cloche.

Les cloches ont une âme et font pénétrer
leur langage au fond de l'âme humaine; et
cette âme des cloches est l'âme de l'Eglise ;
âme qui parle, à l'intérieur du temple, inter-
prêtée dans la chaire chrétienne ; âme qui
parle à l'extérieur, *super tecta,* dans le clocher, jetant la pensée religieuse aux quatre
coins de l'horizon.

L'âme sonnante de l'airain rappelle à l'homme qui l'entend, qu'un Dieu existe, au ciel,
dont un Rédempteur nous a ouvert et montré
le chemin, elle lui dit : Souviens-toi que ton
âme, à toi homme, est immortelle.

A Pontmain, l'âme des cloches, l'âme du
carillon chantera aussi, chantera surtout à
l'âme humaine, que nous avons, en Marie,
une mère divine.

L'âme des cloches ! Avec quelle éloquence
élevée et pénétrante en parle l'orateur, rap-
pelant que même aux impies cette âme de
bronze apporte un frisson d'émoi, qui traverse
le corps et fait vibrer, jusqu'en ses intimes
ressorts, l'âme endurcie plus que l'airain lui-
même.

L'âme des cloches, elle parle à nos cœurs, elle leur chante, avec une douce harmonie, le langage de l'amour, l'amour infini du Dieu qui s'immole à l'autel, pendant la messe où la voix du clocher nous convoque, — et à Pontmain, l'amour de la Très sainte Vierge.

L'âme des cloches, elle parle au cœur le langage de la joie, quand le carillon chante nos grandes fêtes. Et l'orateur trace un admirable parallèle entre nos fêtes religieuses, si épanouies d'une joie sainte et les fêtes laïques abreuvées de dégoût ou couvertes d'ennui. Quelle tristesse, alors que la Révolution supprima d'un seul coup les cloches et les fêtes ; et, du bronze joyeux qui semait le bonheur, fondit des canons qui semèrent la mort... Et plus tard, quelle délicieuse émotion quand les clochers, longtemps muets, se remplirent à nouveau d'argentines voix, comme un bosquet après les silences d'hiver !

L'âme des cloches, elle parle aussi au cœur le langage de la peine et des souffrances, lorsque le funèbre glas pleure avec nous, sur une dépouille chérie. Mais alors, au milieu des larmes, combien d'espérance ! Et qui mieux que la cloche, en gémissant sur nos morts, peut nous rappeler qu'ils sont immortels !

L'âme des cloches de Pontmain tient ce triple langage à nos cœurs ; et, en même temps, plus au large et au loin, ce puissant carillon parle aussi à la France; il lui redit le message, divin que la Vierge inscrivit au fond du ciel, en cette nuit bénie du 17 janvier 1871.

Les cloches de Pontmain répètent le chant de sublime espérance à notre malheureuse patrie : « Mais priez, disait Marie... Dieu vous exaucera... »; les cloches de Pontmain lui rappellent aussi la miséricorde infinie de Jésus : « Mon Fils, disait encore, la Vierge Immaculée, mon Fils se laisse toucher... » Enfin, à notre nation qui pleure et qui craint de mourir, l'âme des cloches de Pontmain, inspirée des promesses du ciel, entonne le cantique doux et radieux de la résurrection nationale.

Et, sur cette idée suprême et consolante, où il enveloppe avec un tact exquis une délicate allusion aux fêtes du tsar, (1) — qui résonnent aussi d'un immense espoir ! — Mgr Geay termine son discours, par une éloquente péroraison, pleine de largeur et d'envolée.

On devine combien devait empoigner et saisir l'auditoire un discours nourri de pareilles idées — surtout habillées d'un riche et vigoureux langage, où grâce à la sobriété

(1) Le voyage du tsar Nicolas à Paris, qui eut lieu précisément à cette époque.

d'un goût excellent, c'est la justesse et la
force des mots qui produit l'éloquence, et non
leur vaine profusion, — surtout exprimés
d'une voix grave et puissante, en même
temps qu'harmonieuse et souple !

*
* *

Après ce discours, la cérémonie du baptême, avec son symbolisme touchant et profond , s'est majestueusement déroulée : les
psaumes prescrits ont été récités ainsi que les
belles prières spécialement composées pour
cette purification de l'airain qui doit prier
Dieu ; l'évêque ensuite, ayant bénit l'eau et
le sel, a procédé au lavage du bronze et aux
saintes onctions ; sous chaque cloche il a fait
monter les vapeurs de l'encens ; enfin après
avoir tracé le signe divin de la croix sur les
flancs de chacune, il est revenu au chœur,
tandis que l'on faisait tinter les harmonieuses
voix bénites désormais et consacrées à Dieu !

Un salut solennel, donné par Sa Grandeur
a terminé cette émouvante et splendide cérémonie. . . . .
Quelques instants après, la nuit s'était faite
et dans le ciel très pur, s'allumait un nombre
infini d'étoiles. Il s'est alors passé, devant la
basilique, une scène profondément impres-
sionnante. Au pied des deux tours qui lan-
çaient leur pointe au fond des cieux illumi-

nés, dans l'obscurité de la grande place, une foule énorme se pressait, silencieuse, émue. Sur la terrasse élevée qui, dominant le portique, unit les deux tours de l'église, une série de projections , admirablement réussies — organisées et dirigées par M. l'abbé Roulleau, professeur au collège de l'Immaculée-Conception — reproduisaient les diverses phases de l'apparition ; et, en même temps , de cette même terrasse, on entendait tomber dans la nuit et se répandre au loin la puissante voix du R. P. Lemius, qui nous rappelait et nous expliquait les gestes de Marie au village de Pontmain.

Et tout en exposant, l'éloquent supérieur des chapelains de Montmartre, autrefois supérieur des missionnaires de Pontmain, savait exhorter ; tantôt il soulevait les applaudissements de cette foule entassée dans la nuit, tantôt il en arrachait un cantique d'espérance ou de supplication qui montait de l'obscurité du sol à l'illumination des cieux !...

Je tiens à noter aussi que le portrait de Mgr Geay, projeté sur l'écran lumineux, a été salué d'unanimes acclamations. C'était le remerciement de la foule ; elle ne sait pas tourner les phrases ; mais combien son cri, quand il est sincère, est éloquent ! Et combien éloquentes, par conséquent, étaient les acclamations qui montaient au nouveau pasteur.

Parmi ses explications, le R. P. Lemius a rappelé fort à propos et avec beaucoup d'éloquence une pensée de l'abbé Brettes qui, prêchant à Pontmain le 17 janvier dernier, pour le vingt-cinquième anniversaire de l'apparition, s'écriait : « Laval, encore longtemps, hélas ! n'aura pas d'évêque ; car un évêque de Laval viendrait bénir le carillon de Pontmain ; et le carillon de Pontmain ne peut pas encore être bénit. Il doit chanter en effet le *Te Deum* de la France et la France ne peut point chanter son *Te Deum.* » Or, s'est écrié le P. Lemius , voici que Laval, après avoir attendu de longs mois, possède un évêque ; et cet évêque a béni le carillon de Pontmain et, en le bénissant, n'a-t-il pas chanté le *Te Deum* de la France, annonçant à la fin de son discours la résurrection nationale ? Et ce *Te Deum* éclate à Pontmain, le jour où se termine à Reims le renouvellement du baptême de la patrie ; il éclate au lendemain des jours où dans Paris , soulevé d'enthousiasme autour d'un puissant allié, le cardinal Richard a fait chanter, à Notre-Dame, un autre *Te Deum !* Tout cela n'est-il point fait pour exalter notre espérance et pour jeter , en même temps, de nos cœurs vers Marie, un cantique d'actions de grâces !

FIN

TABLE

FIN DE LA TABLE

Limoges. — Imp. E. Ardant et Cie.

www.ingramcontent.com/pod-product-compliance
Lightning Source LLC
Chambersburg PA
CBHW071119260626

47162CB00006B/2381